햄릿

햄릿

윌리엄 셰익스피어 | 존 길버트 그림 | 여석기 옮김

문예출판사

The Tragedy of Hamlet, Prince of Denmark

William Shakespeare

차례

등장인물

유령 덴마크의 선왕 햄릿

클로디어스 현왕, 선왕 햄릿의 아우

거트루드 선왕의 미망인이자 현왕의 왕비

햄릿 왕자 선왕과 거트루드 사이의 아들

폴로니어스 덴마크 재상

레어티즈 폴로니어스의 아들

오필리어 폴로니어스의 딸

레날도 폴로니어스의 시종

호레이쇼 햄릿의 친구

로젠크랜스 햄릿의 옛 친구

길덴스턴 햄릿의 옛 친구

프란시스코 망대의 파수꾼 병사

버나도 망대의 파수꾼 병사

마셀러스 망대의 파수꾼 병사

코닐리어스 궁중의 신하

볼티먼드 궁중의 신하

오즈릭 궁중의 신하

정신

사령

광대 1, 2 무덤 파기꾼

신부

포탄브리스 노르웨이 왕자

부대장 포틴브라스의 부대장

영국 왕의 사신들

배우들

기타 궁중의 신하들, 수종, 병사, 레어티즈의 추종자 등

1막

1장 엘시노어 성의 망대

프란시스코, 보초를 서고 있다. 버나도 등장.

버나도   거기 누구냐?

프란시스코   넌 누구냐? 정지. 이름을 대라.

버나도   국왕 전하 만세!

프란시스코   버나도?

버나도   그렇다.

프란시스코   제 시간이 되어 왔군.

버나도   방금 자정을 쳤어. 자, 교대다. 가서 자게나.

프란시스코   고마워. 원 육시를 할 놈의 추위로 뼛속까지 얼어붙었네.

버나도   이상 없었나?

프란시스코 쥐새끼 한 마리 얼씬 안 했어.

버나도 그럼, 어서 쉬게나.

호레이쇼와 마셀러스를 만나거든,

내 짝들이니, 빨리 오라고 일러주게.

호레이쇼와 마셀러스 등장.

프란시스코 저기 오는가 보군. 정지. 누구야?

호레이쇼 이 나라 백성.

마셀러스 국왕의 신하.

프란시스코 그럼 난 물러가네.

마셀러스 잘 가게. 교대자는 누구지?

프란시스코 버나도야. 그럼 부탁하네.

프란시스코 퇴장.

마셀러스 여, 버나도.

버나도 여보게, 호레이쇼도 왔나?

호레이쇼 여기 있어. 추워서 움츠러들었네.

버나도 잘 왔어. 그리고 자네도, 마셀러스.

호레이쇼 그래, 그것이 오늘 밤에도 나타났는가?

버나도 아직 못 보았어.

거기 누구냐?
- 1막 1장

마셀러스 호레이쇼는 우리가 헛것을 보았다는군.

도무지 믿어주지를 않아.

우리가 두 차례나 겪은 저 무시무시한 광경을 말이야.

그래서 오늘 밤은 함께 망을 보자고 했지.

만약에 그 허깨비가 오늘도 나타난다면

우리를 믿어줄 거고, 말이라도 한번 걸어보자는 거지.

호레이쇼 원, 나오기는 뭐가 나와.

버나도 좀 앉아서 들어봐주게.

우리가 이틀 밤이나 이 눈으로 똑똑히 본 거야.

그렇게 자네 귀를 절벽으로 만들지 말게나.

호레이쇼 그럼, 어디 앉아서

자네 얘기나 들어볼까.

버나도 바로 어저께 밤의 일이야

북두칠성 저 서쪽, 보게나,

저 별이 지금 반짝이는 바로 저 자리에 왔을 때,

마셀러스와 나 둘뿐이었지,

종이 한 점을 치는데…….

유령 등장.

마셀러스 쉿, 저기 봐, 또 나왔어!

버나도 승하하신 선왕 그대로의 모습.

마셀러스	자네는 학자님, 어디 말을 걸어보게나.
호레이쇼	틀림없는 그분. 전신이 오싹해지는군.
버나도	말을 걸어줬으면 하는 눈치로군.
마셀러스	물어봐, 호레이쇼.
호레이쇼	대체 뭣이냐, 그대는.

승하하신 선왕의 그 늠름하신 군복을 차려입고

무엄하게도 이 오밤중에 나타나다니?

대답하지 못할까?

마셀러스	화가 났어.
버나도	저것 봐, 가버리는군.
호레이쇼	게 섰거라. 말을 해. 썩 말하지 못할까.

유령 퇴장.

마셀러스	가버렸어. 대꾸하기 싫은 모양이로군.
버나도	아니, 호레이쇼, 자네 떨고 있군, 안색도 창백하고.

어때, 허깨비는 아니지?

어떻게 생각하나?

호레이쇼	좀체 믿지 못할 일

하나 어찌 믿지 않을 수 있겠나

이 두 눈으로 똑똑히 본 다음에야.

마셀러스	선왕을 닮지 않았는가?

대체 뭣이냐, 그대는.
승하하신 선왕의 그 늠름하신 군복을 차려입고
무엄하게도 이 오밤중에 나타나다니?

— 1막 1장

호레이쇼 닮다뿐인가

선왕께서 야심만만한 노르웨이 왕과 대전하셨을 때의 갑

옷 그대로,

게다가 미간을 찌푸린 그 성난 표정

담판으로 될까 보냐고 썰매 탄 폴란드 군졸을

빙판 위에서 쳐부수던 바로 그 모습이라네.

해괴한 일이로군.

마셀러스 앞서도 저렇게 두 번이나 시각도 꼭 같은 오밤중에

무장을 갖추고 이 망대 곁을 지나갔거든.

호레이쇼 무어라 단정하긴 힘들군.

그러나 이 뒤숭숭한 마음의 요동

혹시 나라에 무슨 변괴라도 일어날 징조가 아닐까.

마셀러스 자, 우리 좀 앉지. 그렇지 않아도 궁금증이 나는데

뭣 때문이지? 이렇게 파수를 세워 경비를 엄하게 하느라

밤마다 백성을 못 살게 굴며

날이면 날마다 대포를 만든다, 외국에서 무기를 사들인다

한편으로는 목수들을 징발해다가 쉬는 날도 없이 혹사를

시키고

이렇게 밤낮을 가리지 않고 비지땀을 흘려야 하다니,

대체 무슨 사태가 임박했단 말인가?

어디 아는 사람이 있으면 말해주게나.

호레이쇼 내가 말해주지.

적어도 소문은 이렇다네.

바로 그 모습이 우리 눈앞에 나타났지,

그 선왕께서 한번 도전을 당하신 적이 있었네

상대방은 오만에 찼던 노르웨이 왕 포틴브라스.

그러나 어림없지. 용맹이야 세상이 다 아는 햄릿 전하가

아닌가.

상대방의 목을 베셨지.

적은 목숨과 아울러 영토까지 다 몰수당하는 판이 되어버

렸네.

그것이 기사도의 약조였고

또 우리쪽에서도 거기 걸맞게 걸어놓았던 조건이었지.

따라서 포틴브라스 편이 이기는 날이면

우리 땅이 그쪽 소유로 넘어갈 뻔했어.

어쨌던 확실하게 맺어놓은 그 약조에 따라서

우리 손으로 넘어온 거야.

그런데 죽은 노르웨이 왕에겐 아들이 있었네.

이름도 같은 포틴브라스.

혈기방장한 풋내기로, 요즘 노르웨이 변방에 출몰하면서,

하루 세끼 창자만 채우면 마구 덤벼들겠다는

무뢰배를 긁어모아 엉뚱한 수작을 꾸며보자는 것.

뻔히 들여다보이는 수작이지.

제 아비의 실수로 잃어버린 영토를

우격다짐으로 되찾고 보자는 속셈이거든.

이게 지금 우리가 방비를 서두르는 큰 이유 같아.

파수를 서고,

나라 안이 사뭇 뒤집힌 듯 소란을 떠는

이유도 여기 있다고 생각해.

버나도   그럴 거야, 다른 이유가 있을라고.

하지만 갑옷 차림을 하고 이 파수대를 지나가는 불길한 그림자

예나 지금이나 전쟁의 장본인이셨던 왕의 차림이 아닌가.

탈이 없기나 했으면 좋겠네만.

호레이쇼   티끌 하나 들어가도 마음의 눈은 쑤시는 법.

옛날 위세가 당당했던 로마도 영웅 시저가 쓰러지기 직전에는

흉조가 보였다고 하더군.

무덤이란 무덤은 임자를 잃고 수의를 입은 시체들이

끽끽꽥꽥거리면서 로마의 거리를 누비고 돌아다녔다네.

별은 불꼬리를 달고, 피의 이슬이 내리고

태양에 이변이 생기는 하늘의 변괴.

넵튠 신의 영토인 바다를 지배하는 달도

말세를 알리는 듯 병들어 기울어버리지 않았던가.

운명의 앞잡이, 다가오는 재앙의 길잡이가 되는

이 상서롭지 못한 징조의 시작을 보게나,

온 천지가 요동쳐 이 나라 이 백성을 괴롭히지 않는가.

유령 다시 등장.

쉿! 보게, 저기 또.
에라, 가로막아보자
급살을 맞는 한이 있더라도.
게 섰거라! 네게 입이 있거든 말을 해봐.
그대의 원을 풀어주고 나에게도 복될 일이 있거든 말을
해다오.
미리 알아 피할 수도 있을
이 나라 화근을 네가 알고 있거든
제발 입을 열어다오.
아니면, 네가 생전에 땅속에 묻어둔
부정한 재물이 있기라도 하느냐?
그 때문에 혼령이 나돌아다닌다는 것은 흔히 듣는 얘기,
말해봐.
(닭이 운다)
게 서서 말하지 못할까. 막아라, 마셀러스!

마셀러스   이 도끼창으로 칠까?

호레이쇼   안 서거든 쳐라.

버나도   여기다!

호레이쇼   이쪽이야!

유령 퇴장.

마셀러스   사라져버렸군.

          잘못했어. 어쨌건 왕의 형상을 하고 있었는데,

          그걸 난폭하게 다뤘으니.

          하긴 허공을 치는 것이나 마찬가지.

          쳐도 창칼을 안 받는데 괜스레 부질없는 장난이었어.

버나도   입을 열 것 같기도 하더니 그만 닭이 울었지 뭐야.

호레이쇼   그러니까 깜짝 놀라더군.

          출두 명령을 받아 두려움에 떠는 죄수처럼 말일세.

          닭은 새벽을 알리는 나팔수

          그 드높고 날카로운 목청은 하늘을 찔러서

          태양신을 일깨운다고 해.

          그 울림소리에 천지를 방황하던 온갖 헛것들이

          제자리로 허둥지둥 달려들 간다더니

          이제보니 틀림없는 사실이로군.

마셀러스   닭이 우니까 사라져버리네.

          주님 예수의 성탄을 축하하는 철이 되면

          새벽 새가 밤을 새워 운다나

          그래서 귀신들도 감히 나돌아다니지 못한다는 거야.

밤은 안전하고 별이 해를 끼치지 못하며

요정에 홀리거나 마녀에게 덮어씌우는 일이 없다네.

과연 그렇게 정결하고 거룩할 수가 없을 때지.

호레이쇼 나도 들은 이야기, 그럴 법하다고 생각하네.

보게나. 아침 해가 붉은 빛 도포를 걸치고

이슬을 밟으며 동녘 산마루를 건너오고 있어.

자, 그만 파수도 걷어치우세.

한데 어떨까, 우리 간밤의 일을 햄릿 왕자님께

자초지종 알리는 게 좋을 것 같아.

유령이 우리에겐 끝내 입을 다물었지만

왕자님껜 필시 무슨 말이 있을 거야.

그게 우리의 정성이자 도리가 아니겠나.

마셀러스 그래, 그렇게 하세.

마침 왕자님을 쉽게 만나뵐 수 있는 곳을 내가 알고 있어.

모두 퇴장.

2장 성안의 정전

나팔 취주. 왕, 왕비, 햄릿, 폴로니어스, 레어티즈, 볼티먼드, 코
닐리어스, 기타 귀족, 시종들 등장.

왕 맏형님 햄릿 왕께서 승하하시고
그 기억이 아직 생생한 지금, 만백성이 가슴에 슬픔을 안고
온 천하가 한결같이 수심에 싸여 있으니
이 어찌 인정과 도리라 아니할 수 있겠소.
그러나 살아 있는 사람은 나름대로
지각을 차려야 마땅한 일이오.
그러니 이 몸은 선왕께 바치는 응분의 추모의 정을 지니되
국왕으로서의 체통 또한 잊어서는 안 될 것으로 아오.

그런고로 지난날의 형수님이요 왕비이신 분을

나와 더불어 용맹한 이 나라의 대권을 이어받을 사람

즉, 나의 비(妃)로 맞이하게 되었소.

이 심정, 기쁨은 기쁨이로되, 마음은 몹시 가누기 힘든 것
인즉

즐거움과 슬픔을 꼭 같이 저울질하면서,

장례엔 기쁨을, 혼례에는 슬픔을 읊어야 하는 그런 처지.

이 일에 관해서는 나로서도

여러분들의 슬기로운 충언을 막지 않았거니와

다들 쾌히 승낙해주어 고맙게 여기고 있소.

그것은 그렇고 다음으로 할 말은,

모두 잘 알고 있겠지만 젊은 포틴브라스의 일건이오.

우리의 실력을 얕잡아 보았는지

아니면 선왕이 돌아가셔서 이 나라가

온통 난맥상을 이루고 있으리라 짐작했는지.

이 기회를 놓칠세라 헛된 망상을 품고서 사신을 보내와

일찍이 그의 아비가 엄연히 약조에 따라 용감하신 선왕께

양도한 바 있는 옛 영토를 다시 돌려달라고

몹시 성가시게 굴고 있소. 그간의 사정은 그렇고

오늘 여러분을 부른 용건은 다름 아니라

여기 노르웨이 왕에게 보내는 친서가 있소.

이 왕은 포틴브라스의 숙부가 되는 사람

노쇠해서 와병 중이라 제 조카의 흉계는

미처 알고 있지 못하는 듯하오.

포틴브라스란 자는 그 왕의 백성들로 대군을

징집하려든다 하니, 더 이상

그러한 처사가 없도록 요청한 것이오.

그래서 이 친서의 사신으로 코닐리어스, 볼티먼드,

그대들 두 사람을 임명하니,

왕과의 절충은 여기 명시되어 있는 조항에 따라 행할 것.

그 이상의 권한은 부여하지 않았으므로 그리 알도록 하

시오.

곧 떠나서 빨리 임무를 끝내고 오도록 부탁하오.

코닐리어스, 볼티먼드   황송하신 말씀, 분부대로 하겠습니다.

왕   만사를 믿겠으니 잘 다녀오오.

볼티먼드와 코닐리어스 퇴장.

그건 그렇고, 레어티즈, 무슨 이야기인가?

내게 소청이 있다지? 사리에만 합당하다면

이 덴마크 왕이 아니 들어줄 리가 있겠느냐.

소청이란 뭣인고? 네가 바라는 것이라면

조르지 않아도 내가 자진해서 들어줄 것이다.

덴마크 왕실과 네 어버이와의 인연은

황송하오나

저를 프랑스로 돌아가게 허락해주십시오.

전하의 대관식에 참례코자 기꺼이 귀국하였는데

이제 제 도리는 다했는가 하오니

제 마음은 다시 프랑스로 향해 있습니다.

― 1막 2장

머리와 심장의 타고난 관계보다 더 깊어.

어디 손이 입엔들 그렇게 가까울 수 있겠느냐.

그래, 네 청이란 뭣이지?

레어티즈 황송하오나

저를 프랑스로 돌아가게 허락해주십시오.

전하의 대관식에 참례코자 기꺼이 귀국하였는데

이제 제 도리는 다했는가 하오니

제 마음은 다시 프랑스로 향해 있습니다.

부디 허락해주시기 바랍니다.

왕 아버지 승낙은 받았느냐? 어떤가, 폴로니어스?

폴로니어스 자식의 성화에 못 이겨

본의 아니게 승낙을 하다시피 했습니다.

아무쪼록 전하께서 제 자식의 청을

들어주시기 바랍니다.

왕 네 뜻대로 해.

젊은 시절은 젊은이의 것이니 마음껏 즐겨라.

그건 그렇고, 햄릿, 내 조카요 이젠 나의 아들 ―

햄릿 (혼잣말) 조카보다야 가깝지. 하지만 부자 취급은 어림없어.

왕 그 얼굴에 낀 구름, 어째서 걷히지 않는가?

햄릿 천만의 말씀. 볕을 너무 받아 아들 노릇이 눈부십니다.

왕비 햄릿, 그 어둠에 갇힌 상복은 벗어버리고

정답게 전하께 배알해야지.

언제까지고 그렇게 눈을 아래로 깔아

지하의 아버님만 찾고 있을 것인가.

산 사람은 언젠가 죽고,

이승은 저승으로 통하게 마련임은 자연의 이치,

잘 알고 있겠지.

햄릿 그렇지요, 누군들 모르겠습니까.

왕비 그렇다면,

왜 너에게만 유별나게 보이는가?

햄릿 보인다고요!

사실이 그렇습니다. 보인다니 무슨 말씀이오.

이 검정 빛 외투, 격식에 맞게 그럴싸한 상복

억지로 지어보이는 한숨

강물처럼 흘러넘치는 눈물, 수심에 찬 모습

그 밖의 천 가지 겉치레 만 가지 꾸밈도, 어머니,

나의 진정을 들어내는 것이 못 됩니다.

하긴 이 따위 것들, 그럴싸하게 보이겠죠.

그까짓 연극, 누군들 못하겠습니까.

그러나 이 가슴속에 괸 것

그따위 슬픔의 겉치레와는 전혀 다른 거예요.

왕 아버님을 그렇게 지극히 추도하다니

너의 효성이 지극한 탓인 줄 안다.

그러나 햄릿, 너의 아버님께서도 어버이를 여의셨고

햄릿, 그 어둠에 갇힌 상복은 벗어버리고
정답게 전하께 배알해야지.
언제까지고 그렇게 눈을 아래로 깔아
지하의 아버님만 찾고 있을 것인가.

— 1막 2장

그분 어버이 역시 어버이를 여의셨다는 것을 알아야지.
살아남은 자가 잠시 상복을 입고 애틋한 정을 쏟는 것은
자식으로서 마땅한 도리일 것이다.
그렇다 하더라도 도를 넘게 슬픔 속에 갇혀 사는 일은
하늘을 모독하는 고집이요 대장부답지 못한 소행,
하늘에 대해서는 오만불손이요
심지가 견고치 못한 사람, 참을성 없는 철부지
일자무식한 바보 천치라 해도
도리가 없는 노릇이지. 그렇지 않느냐.
원래 죽음이란 누구에게나 닥쳐오는 것,
어차피 피치 못할 것을 엄연히 알면서
철부지같이 항거하다니 될 말인가.
쓸데없는 짓
하늘을 어기고 죽은 자를 어기고, 또 자연을 어기는 죄
아니, 무엇보다도 이성을 배반하는 소행, 그렇지 않느냐.
이성이란 본래 어버이의 죽음을 당연한 이치로 삼고 있어.
인간이 태초에 죽음을 당했을 때부터 오늘 죽는 사람에
이르도록
'피치 못할 운명'이라고 외쳐온 것이다.
자, 햄릿, 그 쓸모 없는 슬픔일랑 아예 땅에 내던지고
부디 나를 친아버지로 섬겨다오.
내 천하에 공포하거니와 너는 왕위를 이어받을 왕세자

친아버지와 조금도 다름없는 나의 이 지극한 정으로 말하
더라도

조금도 거리낄 바 없어.

그리고 위텐버그대학으로 돌아가겠다는 너의 의향은

내 뜻과 아주 어긋나는 일이니

여기 남아서 중신으로, 종친으로, 또 내 아들로서

나의 힘이 되고 나의 기쁨이 되어다오.

왕비 이 어미의 뜻도 저버리지 말아달라.

제발 여기 함께 있으면서 위텐버그에는 가지 말아다오.

햄릿 아무쪼록 어머님 분부에 따르겠습니다.

왕 오, 기특한 대답, 반갑구나

이 덴마크에 머물러 거리낌 없이 지내달라.

자, 거트루드, 햄릿의 순순한 승낙

그 한마디에 나의 마음이 가뜬해지오.

이 기쁨을 나누기 위해 잔치를 베풀어

덴마크 왕이 드는 술잔마다 축포를 터뜨려

하늘에 울리도록 합시다.

그러면 하늘도 축배를 내려 지상의 환호에 화답할 것이오.

자, 안으로.

나팔 취주. 햄릿만 남고 모두 퇴장.

햄릿 아, 이 추하고 더러운 몸뚱이

녹고 녹아 이슬이 되려무나.

차라리 자살을 극죄로 마련한 하늘의 계명이나 없었으면.

아, 세상살이가 역겹다.

짓궂고 쓸데없고 멋 없기만 한 더러운 세상

잡초만 뜰에 빽빽이 우거지고 악취가 코를 찌르는 난맥상

어떻게 이렇게도 변했을까.

돌아가신 지 겨우 두 달, 아니 두 달도 채 못 되었어.

훌륭한 임금님이셨던 아버님.

태양신과 짐승 같은 인간에나 비할까.

그 아버님이 바깥 바람이 행여나 거칠세라

어머님을 얼마나 끔찍하게 위하셨다고.

아, 이런 생각 떨쳐버릴 도리는 없을까.

그렇지, 어머님도 아버님 곁을 한시도 떠나질 못하셨어.

사랑은 탐하면 탐할수록 욕심 사나워진다지.

그것이 한 달도 채 못 되어 ― 생각한들 무슨 소용인가.

약한 자여, 그대 이름은 여자.

겨우 한 달. 니오베처럼 눈물에 함빡 젖어

아버지 영구를 따라가던

그 신발이 미처 닳기도 전에 어머니가,

글쎄, 그 어머니가 자기 시동생 품에 안기다니.

젠장, 사리를 분간 못하는 짐승이라도 좀더 슬퍼했을 것

아닌가.

형제라 하지만 이 햄릿이 헤라클레스와 비할 수 없듯이

그만큼 위인이 덜된 그 아우에게 한 달도 못 돼

시집을 가다니.

거짓 눈물에 벌겋게 짓무른 자국이 채 마르기도 전에 말

이다.

그 더러운 이부자리 속에 그렇게도 재빠르게 달려들다니

세상에 이럴 수도 있단 말인가.

이러고서야 세상이 제대로 될 리가,

아니 결코 잘될 리가 없어.

그러나 안 돼, 이 가슴이 터져도 입은 다물어야겠어.

호레이쇼, 마셀러스, 버나도 등장.

호레이쇼   왕자님, 안녕하시옵니까?

햄릿   잘 있었소?

아니, 이건 호레이쇼가 아닌가!

호레이쇼   바로 그 호레이쇼. 삼가 문안드립니다.

햄릿   여보게, 날 친구로 대해주게.

한데 위텐버그에서 어째서 여기까지?

아, 마셀러스도.

마셀러스   네!

햄릿 반가워. (버나도에게) 어서 오게.

그런데 대체 무슨 일로 위텐버그에서 돌아왔는가?

호레이쇼 원래 게으른 천성 때문이죠.

햄릿 천만에. 그런 험구는 자네 원수라도 못하게 할걸.

당자 입에서 욕을 한다고 내가 믿을 것 같아?

자넨 게으름뱅이가 아냐.

대체 무슨 용건으로 이 엘시노어에 왔나?

괜스레 어물거렸다간 술고래 되기가 십상일 텐데.

호레이쇼 실은 장례를 모시러 왔습니다.

햄릿 놀리지 말아

어머니 혼례를 보러 왔겠지.

호레이쇼 아닌 게 아니라 바로 잇달아서.

햄릿 아무렴, 돈을 아껴야지, 돈을 아껴야 해.

초상 때 음식이 채 식기 전에

그걸 바로 혼인 잔칫상에 올려야 할 게 아닌가.

호레이쇼, 이런 꼴을 당할 바에야

차라리 천당에서 원수를 만나고 싶은 심정이네.

아, 아버님, 아버님 모습이 보이는 것 같아.

호레이쇼 아니, 어디에요?

햄릿 이 마음속에.

호레이쇼 저도 한 번 뵌 적이 있습니다. 훌륭하신 임금님이셨죠.

햄릿 어느 모로 보나 훌륭한 분이셨지.

호레이쇼, 이런 꼴을 당할 바에야
차라리 천당에서 원수를 만나고 싶은 심정이네.
아, 아버님, 아버님 모습이 보이는 것 같아.

− 1막 2장

세상에 둘도 없는 분이야.

호레이쇼 실은 간밤에 뵈온 듯합니다.

햄릿 뵈었다니, 누구를?

호레이쇼 선왕 전하를 말씀입니다.

햄릿 선친인 전하를?

호레이쇼 잠시 진정하시고 들어주십시오

이 두 사람이 증인입니다.

그 괴이한 일의 자초지종을 말씀드리겠습니다.

햄릿 어서 들려주게.

호레이쇼 여기 있는 마셀러스와 버나도

이 두 사람이 파수를 보고 있던 캄캄한 오밤중

이틀 밤을 잇달아 일어난 일이온데

선왕 전하의 모습 그대로 머리 위에서 발끝까지

갑옷 투구에 몸을 감은 이상한 형체가

두 사람 앞을 유유히 위엄 있게 지나가더랍니다.

손에 든 지휘봉을 휘두르면 닿을 듯한 지척 사이를,

그것도 세 번이나 왔다 가는데

두 사람은 놀라서 옴짝달싹도 못하고

사시나무 떨 듯 떨면서 멍하니 선 채

아무 말도 건네보지 못하였다고 합니다.

이 이야기를 제게만 몰래 전해주기에

사흘째는 같이 나가 파수를 서보았습니다.

아니나 다를까 같은 시각에 꼭 같은 형상으로 나타난 혼

령, 틀림없는 선왕 전하. 이 두 손이 같다 한들

어떻게 그렇게도 닮을 수가 있겠습니까.

햄릿 그게 어디였지?

호레이쇼 저 망대 위올씨다.

햄릿 그래, 말은 걸어보지 않았나?

마셀러스 걸어보았죠.

하나 대답은 없이 다만 한번 고개를 쳐들어

무슨 말이라도 할 것 같은 기색이었으나

마침 그때 홰를 치는 요란스런 새벽 닭 소리에

황황히 자취를 감추고 말았습니다.

햄릿 참, 괴이한 일이로군.

호레이쇼 틀림없는 사실이기에

왕자님께 말씀드리는 게 저희의 도리라 생각하옵고 —

햄릿 음, 잘했어. 한데 심상치 않은 일.

오늘 밤에도 서나?

마셀러스, 버나도 네.

햄릿 갑옷을 입었다고?

마셀러스, 버나도 네.

햄릿 머리 위에서 발끝까지?

마셀러스, 버나도 네, 틀림없이.

햄릿 그럼 얼굴을 보지 못했겠군?

호레이쇼 아니, 보았습니다. 투구 받침을 올리고 있었죠.

햄릿 어때, 찌푸린 얼굴이던가?

호레이쇼 성이 났다기보다 슬픔에 잠긴 듯한 모습이었습니다.

햄릿 창백하던가, 아니면 혈색이 좋던가?

호레이쇼 아니, 아주 창백한 얼굴이었습니다.

햄릿 그래 눈은? 노려보고?

호레이쇼 네, 줄곧 이쪽을.

햄릿 나도 그 자리에 있었더라면.

호레이쇼 계셨더라면 무척 놀라셨을 겁니다.

햄릿 암, 그랬을 테지. 오래 머물러 있었나?

호레이쇼 족히 백은 헤아릴 만한 시간이었을까요.

마셀러스, 버나도 아니, 좀 더 길었어.

호레이쇼 내가 보았을 땐 고작 그 정도야.

햄릿 수염은? 반백이 되지 않았던가?

호레이쇼 생존 시에 제가 뵈었을 적과 같이

은빛 섞인 검은색이었습니다.

햄릿 오늘 밤엔 나도 파수를 서겠어.

아마 또 나올 테지.

호레이쇼 장담코 나올 겁니다.

햄릿 만약에 아버님 그대로의 모습이라면

기어이 말을 걸어보겠다.

비록 지옥이 입을 벌려 침묵을 지키라 해도 말을 건네볼 테야.

자네들, 이 일을 여태껏 남에게 알리지 않았다면

제발 앞으로도 감춰주게.

그리고 오늘 밤 무슨 일이 벌어지더라도

혼자서 알고 입 밖에는 내지 말아주도록.

이 호의에는 반드시 보답할 날이 있을 걸세. 자, 그럼,

열한 시에서 열두 시 사이에 망대에서 만나세.

일동 분부대로.

햄릿 분부가 아니라 여러분의 우정 덕택. 고마워. 그럼 잘 가게.

나머지 퇴장.

아버님 혼령이 갑옷을 걸쳤다고. 상서롭지 못한 징조!

무슨 흉계가 있는 것 같구나. 어서 밤이 왔으면

하나 그때까진 마음을 꽉 잡아야 한다.

악행은 필경 드러나고야 마는 법

비록 온 천하가 감싸준다 해도 어림없지

세상 눈에 드러나게 되고 말걸.

햄릿 퇴장.

3장 폴로니어스 저택의 어느 방

레어티즈와 오필리어 등장.

레어티즈 이젠 짐도 다 배에 실어놨다. 그럼 잘 있거라.

그리고 순풍에 덕을 보아 배편 있는 대로

부지런히 소식이나 보내다오.

오필리어 그건 염려마세요.

레어티즈 그리고 햄릿 왕자님 얘긴데, 그분의 대수롭잖은 호의는

그저 한때의 기분, 젊음의 객기라고만 생각해두어.

봄 한철에 피는 오랑캐꽃, 일찍 피기는 하지만 그만큼 지는

것도 빨라 오래가지는 못해.

그때뿐인 향기 사라지면 그만이야.

오필리어 그뿐일까요?

레어티즈 그렇다고 생각해.

사람이란, 커가면서 몸집만 늘어나는 게 아니야

그게 자라면서 마음과 영혼의 내면도 같이 커가거든.

지금이야 순정 그대로

진심을 더럽히는 한 줌의 흐림도 계교도 없겠지.

그러나 명심해두어야 할 것은 그분의 지위다.

마음이 있다고 자기 뜻대로 되는 게 아니야.

태어나기를 고귀한 몸이라

일개 평민과는 달라 자기 마음대로 할 수 없는 분이다.

그분 결정 하나에 온 나라 안위가 달려 있어.

그러니까 비의 간택도 우두머리인 그분의 수족이라 할

국민 전체의 찬반에 달려 있단 말이다.

지금은 비록 너를 사랑한다고 말씀하시더라도

그저 그렇구나라고만 생각해두는 것이 현명한 노릇이지.

덴마크의 온 국민의 동의를 얻어야만

비로소 자기 말을 실행으로 옮길 수 있는 몸이니

그분이 부르는 달콤한 노래에 솔깃해져 제정신을 잃거나

그분의 방자한 청에 너의 보배 같은 정조를 받치는 날에

는 네 명예는 다시 찾을 길이 없다.

부디 명심해. 알았니, 오필리어.

애정에선 저만치 멀찍이 물러앉아

정욕의 화살이 닿지 않도록 아예 조심하란 말이야.

규중 처녀란 달님 앞에 아름다움을 들어내면

망측스럽게 여기는 법이다.

정숙함이란 으레 세상 험구를 면치 못해.

봄철에 피는 어린 꽃은 봉오리가 트기도 전에

자벌레가 쑤시고 들어가고

인생의 청춘은 이슬 내린 아침 나절에

심한 독기를 타는 법이다.

그러니 조심이 상책, 그저 안전이 제일이야.

젊음이란 곁에 누구 하나 얼씬대지 않아도

제 발에 스스로 걸려들기 마련이야.

오필리어 그 말씀, 이 가슴에 간직하여

제 마음의 파수를 보도록 하겠어요.

하지만 오라버님, 세상에 흔히 있는 저 죄받을 목사님처

럼 남에겐 험한 가시밭길을 천당길이라고 하면서

자기는 허랑방탕, 환락의 꽃밭길을 어정대고는

자기 입에서 나오는 설교는 아랑곳도 하지 않는

그런 짓은 제발 하지 마세요.

레어티즈 쓸데없는 걱정.

이크, 너무 늦었군.

폴로니어스 등장.

아버님이 오시는군. 작별 인사가 거듭되면 복도 갑절 받는다지

다시 뵙고 또 하직을 여쭙게 되니 내 분수에 넘치나 보다.

폴로니어스 너 아직도 여기 있었구나. 어서 배를 타, 어서.

돛은 바람을 안고 너를 고대하고 있다. 자, 내 축수를 받고

겸하여 몇 마디 훈계를 줄 테니 똑똑히 마음에 새겨라.

첫째, 생각을 입 밖에 내지 말 것

그리고 엉뚱한 생각을 행동에 옮겨서는 안 된다.

친구는 사귀되 상스럽게 굴지 말 것이며

한번 굳게 사귄 친구라면 사슬로 묶어서라도 떨어지지 말 것

그렇다고 주둥이도 새파란 풋병아리들과

함부로 손을 잡아 손바닥만 두꺼워지게 해서는 못써.

싸움판엔 일체 끼지 말 것이로되

일단 끼어들면 상대방을 따끔하게 해주어야 하느니라.

남의 이야기는 누구 할 것 없이 귀를 기울여주되

네 입으로 가부의 판단은 삼가도록 해.

의복엔 호주머니 자라는 데까지 돈을 들이되

이상스런 치장은 못써.

지나치게 사치해서는 안 된단 말이야.

의복이란 인품을 알아볼 수 있는 것이니까.

프랑스 상류 인사들은 이 방면에 통달한, 세련된 사람들이다.

그리고 남의 빚은 지지 말고 내 빚도 주지 말 것

빚이란 주면 돈과 친구를 다같이 잃기 쉽고

지기 시작하면 절약의 습성이 무디어지기 마련이니라.

요컨대 무엇보다도 네 자신에 충실할 것

이 한 가지만 지키면 밤이 낮을 따르듯

너도 남에게 충실해질 것이다.

그럼, 잘 가거라. 나의 이 말이 네 마음속에 무르익기를 바란다.

레어티즈   그럼, 다녀오겠습니다.

폴로니어스   시간이 없어, 가봐라. 하인이 기다리고 있다.

레어티즈   잘 있거라, 오필리어. 아까 한 말은 부디 잊지 말고.

오필리어   이 가슴속에 자물쇠로 잠가놓았으니

그 열쇠랑 오라버님이 가지세요.

레어티즈   잘 있거라.

레어티즈 퇴장.

폴로니어스   얘야, 네 오라비가 무슨 말을 하더냐?

오필리어   저, 햄릿 왕자님 이야기예요.

폴로니어스   마침 잘됐다.

듣자니 왕자께서 근자에 퍽 자주 네게 드나드신다고

넌 또 너대로 주책없이 만난다면서?

그게 사실이라면 ― 하긴 그런 귀띔을 내게 해주는 사람이

있어 ―

이 아비로서 그냥 보아 넘길 수 없다.

아직 철부지라 네 처지를 분간 못하는 모양이다만

너는 내 딸이며 출가 전의 몸이라는 것을 알아두어야 해.

대체 두 사람 사이는 어떻게 되어 있는 거냐?

사실대로 말해보아라.

오필리어 그분께서 요사이 여러 번

정다운 말씀을 해주셨어요.

폴로니어스 뭣이? 정다운 말씀이라고, 허!

철부지 같으니.

험난한 고비를 겪어보지 못해도 유만부동이지.

그래 그게 정말같이 들리더냐?

오필리어 어떻게 생각해야 좋을는지요.

폴로니어스 그래, 내가 가르쳐주마.

정다운 말씀이라고. 그런 말솜씨를 곧이곧대로 받아들이

다니

알짜는 어디로 갔지. 좀 더 값비싸게 굴 수 없어.

내가 말을 좀 돌려대는 것 같다만

그렇지 못하다간 이 아비가 싸구려 신세가 되기 꼭 알맞겠다.

오필리어 그분은 점잖게 제게 사랑을 구하셨어요.

폴로니어스 점잖게라고? 그만둬라, 듣기 싫다.

오필리어 그분 말씀에 거짓은 없어요.

온갖 맹세를 다 하셨는데요.

폴로니어스 허, 그게 바로 도요새를 잡는 덫이란 말이다.

사람이란 피가 끓어오르면

입은 함부로 맹세를 늘어놓는 법이여.

하지만 애야, 본시 맹세란 타오르는 불꽃

빛이 휘황찬란해도 열은 없느니라.

약속의 불꽃을 마구 튕기는 동안에

이내 열이며 광채는 사라지고 마는 거다.

타는 게 어디 다 불이냐?

앞으로는 규중 처녀답게 몸가짐을 조심하고

정녕 나서야 할 경우라도

선뜻 응하겠습니다 해서는 못써.

좀 더 도도하게 대해드리도록 해.

햄릿 왕자로 말하자면 나이도 젊거니와

너와는 어림도 없는 자유로운 몸. 그쯤은 알고 처신하란

말이다.

아무튼 그분의 맹세는 믿지 말도록 해.

사내 맹세란 걸 다르고 속 다른 것이다.

말만은 갸륵하지. 거룩한 체 지껄이며 용하게 현혹시켜

음탕한 짓으로 이끄는 뚜쟁이 노릇

그저 속게끔 잘되어 있어. 내가 할 말은 이것뿐이다.

단단히 말한다만 차후 햄릿 왕자와는

잠시도 말을 건네서는 안 돼.

알았지? 그럼 들어가자.

오필리어   아버님 분부대로 하겠어요.

모두 퇴장.

4장 성의 망대

햄릿, 호레이쇼, 마셀러스 등장.

햄릿 살을 에는 바람, 몹시 춥군.

호레이쇼 정말 매서운 날씨입니다.

햄릿 몇 시쯤 되었을까?

호레이쇼 아직 자정에는 ―

마셀러스 아니, 쳤습니다.

호레이쇼 그래? 난 못 들었어.

그럼, 여느 때처럼 유령이 나타날 시각이 됐군.

(나팔 취주와 대포 소리)

저건 무슨 소립니까?

여느 때처럼 유령이 나타날 시각이 됐군.

— 1막 4장

햄릿   왕이 밤을 새워가며 즐기는 잔치

마셔라 춤 추어라 하는 난장판이라네.

왕이 술잔을 들이킬 때마다 저렇게 북이니 나팔이니 하고

기세를 올리는 거지.

호레이쇼   이게 관례인가요?

햄릿   아무렴.

나도 이곳 태생이니 여기 풍습에 젖어 있기는 하지만

저것만은 지키기보다는 깨는 게 훨씬 나을 거야.

저렇게 온통 머리가 터져나가도록 술을 퍼먹는 덕분에

사방에서들 주정뱅이 개돼지 소리를 듣게 되지 않았는가.

그러니 아무리 애써 공적을 세워본들 소용 있나

그 알맹이는 송두리째 허사가 되고 마는데.

개인의 경우도 마찬가지지.

타고난 결점이란 게 ― 하긴 태어날 때

제멋대로 정해지는 것은 아니니까

당자 탓은 아니지만 ―

이게 어떤 한 가지 기질이 지나쳐서

이성의 테두리를 뛰어넘는다든가.

아니면 어떤 습성이 너무 무르익을라치면

미풍양속을 해쳐놓는단 말이야.

그래서 조화의 탓이건 운명의 장난이건 간에

그 개인은 이 한 가지 티끌로 말미암아,

나머지 것이 더없이 무한한 미덕을 지닌다 하더라도

세상 사람에겐 썩었다고 보이기 마련이지.

제아무리 고귀한 성품도 티끌만 한 결점 때문에

구설수를 면치 못하는 게 세상이거든.

유령 등장.

호레이쇼 왕자님, 저것을 보십시오.

햄릿 천지신명이여, 이 몸을 보우해주시오!

천상의 영기를 몰고온 신령이냐

아니면 지옥의 독기를 내뿜는 악령이냐?

선악의 의도는 모르겠다만

그렇듯 무언가 인간의 형용으로 나타났으니

내 그대에게 말을 건네겠다.

어떻게 부를까?

옳아, 햄릿, 국왕, 아버님, 덴마크 왕

자, 대답을 해다오.

갑갑하여 애통이 터질 노릇이로구나.

죽어 예법대로 파묻은 시체가 어찌하여 수의를 찢고

이 지상에 나타났는가? 죽은 자를 안치해둔 무덤이

어찌해서 그 육중한 대리석 뚜껑을 열고 시체를 뱉어놓았

는가?

죽은 시체가 어째서 갑옷 투구 모습으로

하필이면 어스름 달빛 아래 나타나

이 밤을 무시무시하게 만드는 것인가?

천지 조화의 어릿광대인 우리 인간을 놀라게 하여

인간으로서는 풀 수 없는 수수께끼로

우리의 간담을 서늘케 하자는 것이냐?

말해봐라, 그 이유를.

웬일이냐? 어떻게 하란 말이냐?

(유령, 햄릿을 손짓해 부른다)

호레이쇼 따라오라는 손짓

왕자님께만 하고 싶은 이야기가

있나 봅니다.

마셀러스 보세요, 저렇게 정중한 손짓

떨어진 곳으로 가자는 눈치로군요.

그러나 따라가지 마십시오.

호레이쇼 절대 안 되십니다.

햄릿 여기선 입을 열 것 같지 않아, 따라가봐야지.

호레이쇼 안 됩니다.

햄릿 무서울 게 뭐야?

바늘만큼도 소중할 것이 없는 이 목숨.

영혼이야 어차피 내 영혼도 불멸인데

저것이 무슨 해를 미치겠는가?

죽은 시체가 어째서 갑옷 투구 모습으로
하필이면 어스름 달빛 아래 나타나
이 밤을 무시무시하게 만드는 것인가?

– 1막 4장

또 오라는 손짓, 따라가야겠어.

호레이쇼 안 됩니다.

만약 저것이 격류의 강변이나

바닷가 튀쳐나온 낭떠러지 같은

위태로운 장소로 왕자님을 유인해서,

갑작스레 무서운 괴물로 둔갑하여

왕자님 정신을 앗아가면

어떻게 하시겠습니까?

그렇지 않아도 깎아 세운 듯한 낭떠러지 위에서

바다를 내려다보고 성난 파도 소리를 들으면,

사람이란 뛰어들고 싶은 충동을 억제하지 못하는데.

햄릿 여전히 손짓을

자, 어디건 따라가마.

마셀러스 안 됩니다.

햄릿 그 손을 놔라.

호레이쇼 못 가십니다.

햄릿 내 운명이 나를 부른다.

이 몸의 모든 핏줄에서 힘이 솟아나

저 네메아의 사자 힘줄처럼 탄탄하구나.

나를 부르고 있어

놔라, 놔. 계속 막으면 목을 베어 혼귀로 만들어줄 테다.

비켜라, 비켜! 자, 어디든 따라가겠다.

유령과 햄릿 퇴장.

호레이쇼 뭔가에 홀리셨어. 전후를 가리지 못하시는군.

마셀러스 따라가세. 시키는 대로 가만히 있을 수만은 없지.

호레이쇼 아무렴, 따라가야지. 이 일이 어떻게 될라나.

마셀러스 이 덴마크란 나라는 어딘가 썩어 있어.

호레이쇼 하나님께 맡길 수밖에 없군.

마셀러스 아무튼 따라가보세.

모두 퇴장.

5장 망대 위의 다른 곳

유령과 햄릿 등장.

햄릿 어디까지 갈 작정이냐? 말을 해라. 더 가진 않겠다.

유령 듣거라.

햄릿 오냐.

유령 시간이 없다.

이글이글 타오르는 저 유황불,

그 연옥(煉獄)의 불에 몸을 태울 때가 임박했다.

햄릿 가엾기도 하지.

유령 가엾다고 생각 말고

이제부터 알려주는 이야기를 명심해 들어다오.

햄릿 말하라. 꼭 들어주마.

유령 듣거든 반드시 원수를 갚아야 하느니라.

햄릿 뭣이라고?

유령 나는 네 아비의 혼령.

밤에 잠시 지상에 나타나지만 낮에는 연옥의 업화(業火)에 싸여

살아 생전에 지은 죄가 다 불타 씻어질 때까지

갇혀 있어야 할 운명이다.

갇힌 이곳의 비밀, 말하지 못하게 되어 있다.

말하면 그 한마디로 네 얼은 빠지고

네 젊은 피가 얼어붙을 것이며

두 눈알은 유성(流星)처럼 제자리를 뛰쳐나오고,

헝클어진 머리카락은 고슴도치의 거센 침처럼

갈가리 곤두설 것이다.

하나 이런 무한한 저승의 비밀은

이승의 인간의 귀에는 전하지 못하게 되어 있어.

네가 진정 이 아비를 생각한다면

제발 들어다오. 아, 제발!

햄릿 오!

유령 이 비열 무도한 살인의 원수를 갚아다오.

햄릿 살인?

유령 살인이란 원래가 악독하기 짝이 없는 중죄,

하지만 이렇게 악독하고 무참한 살인이 또 있을까.

햄릿 어서 자초지종을 알려주시오.

하늘을 나는 사람의 생각이나 사랑의 향념보다

더 빨리 원수를 갚으러 날아갈 터이니.

유령 마음 든든하구나.

하긴 이 말을 듣고도 분발하는 마음이 없다면

황천을 흐르는 망각의 강에 떠도는

무성한 잡초만도 못한 우둔한 인간이지.

들어라, 햄릿. 너의 아비는 후원에서 낮잠을 자다가

독사에 물려 죽은 것으로 알려져 있다.

이 거짓 꾸며놓은 이야기에

덴마크의 온 백성이 감쪽같이 속아 넘어갔구나.

그러나 그대 햄릿,

네 아비를 죽인 그 독사는 지금 머리에 왕관을 쓰고 있어.

햄릿 아, 어쩐지 예감이 들더라니.

역시 숙부가!

유령 그렇다. 음탕과 불륜을 일삼는 짐승보다 못한 그놈.

천성이 되어먹기를 사특한 지혜와 음험한 계교가 있어

계집을 호리고 유인하는 데 능수라,

더할 나위 없이 정숙해보이던 왕비를 꾀어

창피 막심한 음란의 자리로 이끌어갔구나.

아, 햄릿, 어떻게 이렇게 타락할 수 있겠느냐!

혼례 때 한 맹세를 한결같이 지켜준 지아비를 저버리고

타고난 천성이 나와는 비할 길조차 없는

저 비열한 위인과 배가 맞다니.

음란한 색욕이 천인(天人)의 모습을 빌려서 유인해도

동하지 않는 것이 정절.

음란한 계집은 오색영롱한 천사와 짝을 맺어도

정결한 자리에 싫증이 나서

욕심 사납게 쓰레기 더미를 뒤져 먹는 법이니라.

아, 벌써 날이 새는구나. 대충 얘기하마.

언제나 하던 버릇, 그날도 마음 놓고 낮잠을 즐기는데

너의 숙부, 그자가 몰래 가까이 와서

병에 든 독약을 내 귀에다 부었다.

문둥병처럼 살을 썩게 하는 그 무서운 헤브논의 독약을.

이 독약은 사람의 피에는 비상,

삽시간에 온몸 안을 수은처럼 두루 돌아

마치 젖에 식초 한 방울 떨어뜨리듯

순식간에 온몸의 피를 굳어버리게 하는 것이다.

난들 무슨 도리가 있겠느냐. 매끄러운 몸이 삽시간에

문둥병자처럼 흉측스럽게 딱지로 덮여버렸구나.

그리하여 보기에도 징그러운 이 아비는

잠시 잠든 틈에 친 아우 손에

목숨뿐이냐, 왕관과 왕비마저 고스란히 뺏기고 말았다.

성찬과 임종의 도유(塗油)를 받지 못하고

마지막 고해도 못한 채,

살아 생전의 죄를 모조리 지닌 부정한 몸 그대로

저승길에 끌려 나오게 되었다.

아, 얼마나 두렵고 무서운 노릇이냐. 끔찍하구나!

네게 만일 효심이 있거든 그냥 내버려두지 말아다오.

덴마크 왕의 침상을

패륜 음락의 자리로 만들어서는 안 된다.

하나 한 가지 명념해둘 것은

비록 일은 서둘지언정 행여 마음이 흐려져서

네 어미를 해치는 일은 말아다오.

하늘의 뜻에 맡겨 마음속 가시에

스스로 가책받도록 내버려두어라.

자, 그만 가야겠다.

날이 새는 모양,

저 반딧불도 희미해져가는구나.

그러면 잘 있거라. 햄릿,

부디 이 아비를 잊지 말아다오.

유령 퇴장.

햄릿 오, 일월 성신이여, 대지여! 또 무엇이 있지?

지옥까지도 불러내볼까?

헹, 정신을 차려야지, 정신을. 그리고 이 사지의 힘줄들아

제발 늙어 시들지 말고 내 몸을 버티어다오.

잊지 말라고? 오냐, 가엾은 유령아

이 미칠 것 같은 머릿속에

기억력이 조금이라도 자리 잡고 있는 이상

잊다니 어림도 없는 노릇.

잊지 말라고! 아무렴.

내 기억의 수첩에서 하찮은 다른 기록일랑 싹싹 지워버리마.

어릴 때 보아서 기록해두었던 모든 것, 책에서 얻어온

유명한 구절이고 물체의 형상이고 과거의 인상이고

뭐고 할 것 없이 죄다 지워버리고

오직 그 명령 하나만을 뇌수에 아로새겨두마.

아무렴, 그렇고말고, 맹세하지.

세상에 고약한 여자!

악당! 미소를 짓는 천하에 더러운 악당!

어디 수첩에 적어둬야겠다.

미소를 짓는, 미소를 지으면서도 악당은 될 수 있다고.

아무렴 이 덴마크에선 틀림없이 그렇게 될 수 있지.

자, 클로디어스, 틀림없이 적어놓았다.

그리고 내 좌우명은

'잘 있거라, 부디 이 아비를 잊지 말아다오.'라고.

틀림없이 맹세했다.

호레이쇼, 마셀러스 (안에서) 왕자님! 왕자님!

마셀러스 (안에서) 햄릿 왕자님?

호레이쇼 (안에서) 제발 무사하시기를!

햄릿 그럴지어다.

호레이쇼 훠, 훠이, 훠, 왕자님!

햄릿 훠이, 훠, 훠. 여기야, 여기!

호레이쇼, 마셀러스 등장.

마셀러스 왕자님, 아무 일도?

호레이쇼 어떻게 된 것입니까?

햄릿 응, 굉장해.

호레이쇼 무슨 일입니까?

햄릿 안 돼. 누설할 테니까.

호레이쇼 천만에요.

마셀러스 그럴 리가.

햄릿 그러면 자네들은 어떻게 생각하나?

대체 이런 일이 생각에 떠오르기라도 할까?

누설은 않겠지?

호레이쇼, 마셀러스 하늘을 두고 맹세합니다.

햄릿 우리 나라 악인치고 무도하지 않은 게 없다는군.

호레이쇼 그런 말을 하려고

일부러 유령이 뛰쳐나올 턱이야 없겠죠.

햄릿 그렇지, 옳은 말씀이야.

그러니까 더 이상 둘러서 말할 것도 없고

우리 여기서 악수나 하고 헤어지는 게 좋겠어

모두 자기 할 일이며 용무가 있을 테니까.

자네들도 다 할 일이나 용무가 있겠지

변변치 않은 이 몸 역시 그래.

어디 기도나 드리러 가야겠네.

호레이쇼 왕자님 말씀이 도무지 허황합니다.

햄릿 자네 기분을 상하게 해서 미안해.

정말 미안하네.

호레이쇼 천만에, 기분이 상하다뇨.

햄릿 글쎄, 그런 일이 있단 말일세, 호레이쇼.

상해도 이만저만이 아니지.

아까 나온 귀신은 말이야

그게 해를 끼치는 것은 아니었어. 그건 말해두지.

무슨 일이 있었는가는 궁금하겠지만

그냥 덮어주게나.

한데 자네들에게는 내 소청이 하나 있어

친구요 선비요 무인으로서 좀 들어줘야겠네.

호레이쇼 무슨 말씀이온지? 들어드린다 뿐입니까.

네 아비를 죽인 그 독사는 지금 머리에 왕관을 쓰고 있어.

— 1막 5장

다시 한번 이 칼을 잡고 맹세해줘
오늘 들은 일은 절대 말하지 않겠다고.

— 1막 5장

햄릿 오늘 밤 일은 일체 입 밖에 내지 말아달라는 거야.

호레이쇼, 마셀러스 여부가 있겠습니까.

햄릿 아니, 맹세를 해줘.

호레이쇼 절대 내지 않겠습니다.

마셀러스 저도 절대 않겠습니다.

햄릿 이 칼을 두고.

마셀러스 벌써 맹세했는데요.

햄릿 이 칼을 잡고, 어서.

유령 (무대 아래서) 맹세하라!

햄릿 하하, 너도 그렇게 말하는구나.

이 친구 거기 있었군.

자, 땅 속에서도 하라고 그러잖아. 어서 하게.

호레이쇼 맹세의 문구는?

햄릿 오늘 밤 본 것은 절대 입 밖에 내지 않겠다고.

자, 이 칼을 잡고 해줘.

유령 (무대 아래서) 맹세하라!

햄릿 신출귀몰이로군.

어디 자리를 옮겨볼까? 이쪽으로 오게나.

다시 한번 이 칼을 잡고

오늘 들은 일은 절대 말하지 않겠다고.

유령 (아래서) 맹세하라!

햄릿 잘한다, 두더지 선생. 땅 속을 잘도 뚫고 다니는군.

땅 파는 데 공병쯤은 저리 가라는 거지.

다시 한번 자리를 바꿔주게나.

호레이쇼　거, 참. 기괴한 노릇이군요.

햄릿　그러니까 낯선 손님이니 그저 환영이나 해줘.

호레이쇼, 이 천지간에는 우리네 철학쯤 가지고서는

생각조차 못할 별의별 일이 다 있는 걸세.

그건 그렇고,

아까처럼 여기서 맹세해주게나. 절대 안 그러겠다고.

혹 이 다음에 내가 필요에 따라서 말이야

이상야릇한 행동을 취하게 될지도 몰라.

그럴 때 가령 이렇게 팔짱을 끼거나 고개를 흔들면서

아는 체하고서 '흥, 우리는 알고 있지'니

'이거 모를 바도 아니지만'이니

'입 밖에 내고 싶잖으니까 그렇다'느니

'말을 해도 좋다면 할 사람이 있지' 하는

그따위 어리벙벙한 수작으로

내 신상에 대해 알고 있는 척하지 말아달라는 거야.

자, 천지신명께 맹세하게.

유령　(무대 아래서) 맹세하라!

햄릿　진정하슈, 진정해요, 유령 양반.

(두 사람 맹세한다)

그럼 됐어. 잘 부탁하네.

이 햄릿 비록 변변치 못한 인간이지만

하늘이 저버리지 않는 한 그대들 신의에 보답할 날이 있을

거야.

자, 들어들 가게.

그리고 입은 언제나 봉해둘 것, 부탁하네.

지금 온통 세상의 사개가 제대로 맞지 않고 있어.

그것을 바로 맞춰야 하다니 팔자도 기구하지.

자, 어서 들어가세.

모두 퇴장.

2막

1장 폴로니어스 저택의 어느 방

폴로니어스와 레날도 등장.

폴로니어스 레날도, 이 돈과 편지를 전해다오.

레날도 네, 나리.

폴로니어스 머리를 아주 재치 있게 써봄 직한데 어떠냐, 레날도.

레어티즈를 만나기 전에

우선 그의 행적을 탐문해보는 일 말이다.

레날도 저 역시 그럴 생각을 했습니다.

폴로니어스 음, 잘 생각했어. 그래야지.

자, 들어보게. 우선 이렇게 물어보란 말일세.

파리에는 어떤 덴마크 사람이 와있으며

머리를 아주 재치 있게 써봄 직한데 어떠냐, 레날도.

레어티즈를 만나기 전에

우선 그의 행적을 탐문해보는 일 말이다.

— 2막 1장

그게 누구고 어떻게 지내고 있는지,

어디서 어떤 친구와 사귀고 돈은 얼마나 쓰는가 하는 것

말이야.

그런 등등을 슬쩍 둘러가면서 탐문해본단 말이지.

그러다가 상대방이 레어티즈를 안다고 하거든

그때는 이것저것 따질 것 없이 직통으로 파고들어가는 걸세.

나도 그 사람을 조금은 알고 있다든가 하는 식으로

눈치를 보여주란 말이야.

이렇게 말일세.

'그 사람 어르신네를 알고 친구들도 알죠.

하긴 당자도 조금은 압니다만'

알아듣겠나, 레날도?

레날도   아, 알고말고요.

폴로니어스   '당자도 조금은 압니다만.' '만'이야.

그러고는 '잘은 모릅죠. 하나 그게 바로 그 사람이라면

거 아주 험한 친군데 이러저러한 고약한 버릇이 있습죠.'

그리고 그 고약한 버릇을 적당히 꾸며대라는 걸세

하지만 그 아이 체면 손상이 될 정도로 심하면 못써.

그건 조심해야지.

그저 주색이니 잡기니 하는 철딱서니 없는 짓

혈기방장한 젊은 것에 으레 붙어다니는 정도로 해두어야 해.

알겠나?

레날도   도박 같은 것도.

폴로니어스   그렇지. 그리고 주정에 칼부림, 욕설, 싸움, 오입

이 정도까지는 상관없어.

레날도   그건 좀 체면에 걸리지 않겠습니까?

폴로니어스   상관없네, 만사는 말하기에 달려 있으니까.

하나 그 이상의 먹칠을 해선 못써.

계집질이 장기라고 할라치면 이건 벌써 지나치는 거네

내 본뜻이 아니야.

거, 말솜씨라는 게 있지. 그걸 잘 부려야 해.

멋대로 자란 탓에 있기 마련인 실수, 혈기가 지나치다보니

버릇없이 되어버렸다는 정도로 해보란 말이야.

레날도   그런데, 저 —

폴로니어스   음, 뭣 때문에 하느냐고?

레날도   네, 그 연유를 알았으면.

폴로니어스   그건 이러네.

하긴 묘안이라고 내 은근히 생각하내만

내 자식놈 험담을 조금 해보는 것이지

그것도 말끝에 흠집을 내는 투로 말일세.

그러면 이쪽에서 슬그머니 염탐하고 있는 상대방은

자네가 욕하는 내 자식놈의

그런 행실의 현장을 본 적이라도 있다면

틀림없이 맞장구를 칠 걸세.

'댁께서'라든가 '여보' 또는 '노형' 하는 투로 말할 걸세.

상대방의 신분이나 그쪽 풍습에 따라

호칭이 달라지겠지만 말이야.

레날도 그렇겠지요.

폴로니어스 그러면 그 친구는 말일세, 그 친구는 —

어, 내가 무슨 말을 하려다 말았지?

분명히 무슨 말을 하려고 했는데

어디까지 하다 말았지?

레날도 '맞장구를 칠 걸세' 하시고, '여보'니 '노형'이니 하는데 —

폴로니어스 '맞장구를 칠 걸세' 하고. 응, 알았다, 알았어.

상대방은 이렇게 말을 받아줄 게야

'나도 그분은 잘 아오. 어저께 봤소. 아니, 일전에 만났소,

아니, 여차여차한 날 여차여차한 사람과 같이 있는 것을

보았소.

댁의 말마따나 노름을 하고 있습디다,

술이 곤드레만드레가 되어 있습디다,

테니스판에서 싸움을 벌이고 있다더군요.'

또 뭣하면, '아무개 영업집에 들어가는 것을 보았소'라고

할지도 몰라. 거 색시집 말이네.

어쨌든 알았나?

거짓말 미끼를 던져서 진짜 잉어를 낚자는 심보지.

지혜와 선견지명을 자랑하는 우리쯤 되면 말일세

으레 옆길로 둘러 가서 정면의 과녁을 뚫는 법이야.

그러니 자네도 아까부터 일러준 대로 하면

자식놈의 행적을 쉽게 알아차릴 수 있어.

알아들었나?

레날도 　잘 알았습니다.

폴로니어스 　그럼, 잘 다녀오도록 하게.

레날도 　네.

폴로니어스 　그 눈으로 자식놈 하는 짓을 잘 살펴보고 와야 해.

레날도 　여부가 있겠습니까.

폴로니어스 　실컷 제멋대로 놀게 해두고서 말이야.

레날도 　잘 알겠습니다.

폴로니어스 　그럼, 가보게.

레날도 퇴장.

오필리어 등장.

폴로니어스 　오필리어, 어찌 된 일이냐?

오필리어 　아버님, 큰일 났어요. 무서워요.

폴로니어스 　대체 무슨 일을 가지고 그러냐?

오필리어 　방금 제 방에서 바느질을 하고 있는데

햄릿 왕자님께서 느닷없이 방 안에.

74

저고리 앞가슴을 풀어헤치고 모자도 안 쓰신 채

때 묻은 양말은 대님도 없이 발목까지 흘러내리고

백지장처럼 핏기 없는 얼굴에 두 무릎을 와들와들 떠시면서

마치 지옥에서 풀려나온 사람이

그 소름 끼치는 광경을 이야기라도 하실 듯이

제 앞에 나타나셨어요.

폴로니어스 네 사랑 때문에 실성하신 것 아니냐?

오필리어 모르겠어요.

하지만 그럴까 두려워요.

폴로니어스 뭐라시든?

오필리어 제 손목을 꽉 잡아 쥐신 채

팔을 쭉 뻗은 만큼 몸을 뒤로 빼시고는

한쪽 손으로 이렇게 이마를 가리시면서

마치 그림이라도 그리려는 듯

제 얼굴을 유심히 들여다보세요.

한참 동안 꼼짝 않고 그러다가

나중에는 제 팔을 약간 흔드시더니

당신 머리를 이렇게 세 번이나 끄덕끄덕하세요.

그러고는 휙 내쉬는 한숨, 어떻게나 처량한지

당장에라도 전신이 으스러지고 숨이 넘어갈 듯했어요.

그리고 나서야 겨우 손목을 놔주시더니

어깨 너머로 곧장 제 얼굴을 보시면서 문 밖으로.

앞은 보지 않아도 환하다는 듯

제 얼굴에 눈길을 그냥 돌리신 채 나가셨어요.

폴로니어스 자, 같이 가자. 전하께 아뢰야겠구나.

그것이 바로 상사병이라는 것이다.

그 병이 도지면 스스로 몸을 망치고 급기야는

어떤 무모한 짓도 함부로 할 수 있어.

본래 인간의 격정치고 사람을 해치지 않는 게 없지만

이 상사병이란 유별난 것이다.

참 민망스런 노릇이로구나.

애야, 혹 근래에 네가 왕자님께 박정하게 군 적은 없었느냐?

오필리어 아뇨. 다만 아버님 분부대로

주신 편지를 돌려보내고

만나시자는 것을 거절했을 뿐이에요.

폴로니어스 옳지. 그래서 실성하신 게로군.

민망한 노릇이다. 내가 좀 더 주의해서 살펴볼 것을 그랬
구나.

나는 그분이 혹시나 한때 희롱으로 네 몸을 망치지나 않
을까 그 걱정만 앞서 지나친 의심을 했어.

이렇게 나이가 먹으면 일을 판단하는 데 지나치는 게 탈이야.

젊은 친구들이 지각이 덜 하듯이 말이다.

어서 가자. 가서 전하께는 불가불 아뢰야겠다

사실대로 아뢰어 설사 꾸중을 듣는 한이 있더라도

감춰두었다가 나중에 슬픔을 안겨드리는 것보다는 낫지.

자, 어서.

모두 퇴장.

2장 궁중의 어느 방

나팔 취주. 왕, 왕비, 로젠크랜스, 길덴스턴 및 정신들 등장.

왕 오, 로젠크랜스와 길덴스턴, 잘 왔소.

일찍이 만나고 싶었던 차에

수고를 끼칠 일이 생겨 이렇게 황급히 그대들을 부르게

되었어.

이미 들어서 알겠지만 햄릿 왕자가 근래에 전혀 딴 사람

이 되어

외모와 마음이 다 같이 전과는 얼토당토않게 변해버렸소.

그토록 지각을 잃다니, 부왕께서 세상을 떠나신 것밖에는

나로선 도무지 짐작이 가지 않아.

그래서 그대들에게 간청하고자 하는 것은 다름이 아니라,

어릴 적부터 같이 자라 오다시피 한 사이니까

왕자의 성품과 기질을 잘 알 것 아니겠소. 그러니 잠시

궁중에 머물러 그의 벗이 되어서

왕자가 즐겁게 지내도록 해주기 바라오.

그리고 혹시 우리가 미처 알지 못한

마음속 번민이 있을지도 모르니

은근히 틈을 봐서 살펴주기 바라오.

그렇게 해서 원인을 알게 되면

치료할 방법도 찾게 될 것 아니겠소.

왕비 그대들에 대해서는 햄릿도 여러 번 이야기가 있었다오.

평소에 사귀어온 벗으로

그대들보다 더 가까운 사람이 어디 있겠어요.

그러니 잠시나마 이곳에 머물어

우리의 뜻을 따라 도움이 되어준다면

그 호의에 대해선 전하께서

응분의 보답이 있으실 것이오.

로젠크랜스 부탁이시라니

황송하기 이를 데 없는 말씀입니다.

지존하신 어명으로

차라리 저희에게 분부를 내려주십시오.

길덴스턴 지엄하신 분부,

부탁이시라니

황송하기 이를 데 없는 말씀입니다.

지존하신 어명으로

차라리 저희에게 분부를 내려주십시오.

— 2막 2장

분골쇄신하여 저희의 충성을 다할 것입니다.

왕 고마운 일이오, 로젠크랜스와 길덴스턴.

왕비 감사하오, 길덴스턴과 로젠크랜스.

그러면 경들은 곧 들어가

아주 변해버린 왕자를 만나주시오.

게 누구 없느냐?

두 분을 햄릿이 있는 곳으로 안내하라.

길덴스턴 저희가 체류하여 왕자님께 위로와 도움이 되기를

아무쪼록 원할 뿐입니다.

왕비 아무쪼록 그렇게 되길 빌겠어요.

로젠크랜스와 길덴스턴, 시종들 퇴장.

폴로니어스 등장.

폴로니어스 노르웨이에 파견한 사신이

희소식을 갖고 돌아왔습니다.

왕 그대는 언제나 희소식을 전해주는구려.

폴로니어스 그렇습니까?

저는 그저 온 정성을 다하여

하느님께나 전하께 제 소임을 다한다는 것뿐입니다.

그런데 하나 말씀드려야 할 것은 햄릿 왕자님의 실성의 원인,

제가 드디어 알아낸 것으로 생각합니다.

만약 저의 이 생각이 잘못된 것이라면

제 머리가 정사를 보살핌에 여느 때와 같이

실수 없음을 자신하지 못하는 것과 다름없을 것입니다.

왕 음, 궁금히 여기던 차에 어서 말해보시오.

폴로니어스 먼저 사신들에게 배알을 허하여 주옵시기를.

제 말씀은 진지 드신 다음의 입가심으로 여겨주십시오.

왕 그대가 가서 그들을 영접해 들게 하시오.

폴로니어스 퇴장.

여보 거트루드, 당신 아들이

실성한 원인을 밝혀냈다고 하오.

왕비 밝혀냈다고요

그 뿌리야 뻔하지 않겠습니까.

아버지의 죽음과 우리 두 사람의 급작스런 결혼이겠죠.

왕 어쨌든 알아보기로 합시다.

폴로니어스, 볼티먼드와 코닐리어스를 데리고 다시 등장.

왕 잘들 돌아왔소. 그래, 노르웨이 왕의 회답은?

볼티먼드 전하의 친서에 대해 정중하기 짝이 없는 답례였습니다.

단번의 교섭에서 곧 사신을 보내

조카 포틴브라스의 모병을 중지시켰습니다.

실은 처음 그것을 폴란드에 대한 전쟁 준비로만 알고 있

었다가

조사해본 결과 그것이 전하에 대한 무력 행동임이 판명되자,

노령에다 병약한 무력함을 틈타 자기를 속인 행동임을 통탄

포틴브라스에게 중지의 엄명을 내렸습니다.

이에 그는 복종하여 왕의 꾸중을 들은 다음

차후 다시는 전하에 대해 감히 군사를 움직이지 않기로

숙부 왕 면전에서 맹세하였습니다.

이 말에 노르웨이 왕은 지극히 기뻐하여

3천 크라운의 연금을 내리고

기왕에 모병한 군대는 폴란드 공략에 사용하도록

그에게 권한을 부여하였습니다.

그 점에 관해서는 출병을 위해

아국 영내를 통과하기 바라고 있으며

거기에 대한 안전 보장과 진군 허가 조건에 대해서는

(서류를 왕에게 바치면서)

여기 이 서류 안에 자세히 적혀 있습니다.

왕 음, 잘됐소.

여기에 대해서는 차후 틈을 보아

다시 검토한 다음 회답을 내기로 하겠소.

우선 그동안의 수고를 치하하는 바이오

가서 푹 쉬도록. 밤에는 축연을 베풀도록 하겠어

귀국을 환영하오.

볼티먼드와 코닐리어스 퇴장.

폴로니어스 이번 일은 잘 낙착되었습니다.

그런데 양 전하, 국왕의 대권이란 무엇이며

신하의 본분이 무엇이냐

또 어찌하여 낮은 낮이요 밤은 밤이며 시간은 시간인가

그런 점을 따지고 든다면

필경 낮과 밤과 시간의 낭비 이외의 아무것도 아닌 줄로

압니다. 그런즉, 간결함은 지혜의 정수요

장황함이란 오직 그 수족과 외식(外飾)에 불과한 것인고로

간략하게 아뢰자면 햄릿 왕자께서는 실성,

감히 말씀드립니다만, 실성하심이 분명합니다.

왜냐하면 진정한 실성을 정의한다는 것이 곧 실성한 짓이

아니고 무엇이겠습니까?

하나 그 말씀은 이쯤 해두시고.

왕비 수다는 그만 떨고 내용을 말해주오.

폴로니어스 원, 왕비님께서도. 결코 수다를 떠는 게 아닙니다.

왕자님의 실성, 이것은 사실이올시다

유감천만이나 사실이니 유감이지요.

쓸모없는 수다는 그만 떨겠습니다.

한데 왕자님의 실성, 일단 그렇다손 치시고

남은 문제는 여사여사한 결과의 원인

아니 결함의 원인이 어디에 있는가 하는가를

찾는 데 있지 않겠습니까.

왜냐하면 여사한 결함적 결과에는 반드시 원인이 있기 마련,

그래서 문제는 남게 되고 남은 문제는 이렇습니다

아시겠습니까.

저에게 딸아이가 있사온데 —

분명 지금은 제 딸이옵니다만 —

이 딸년이 효성이 지극해서

자, 보십시오.

이것을 저에게 주었습니다.

(편지를 꺼내 읽는다)

"천사에 비할 이 영혼의 우상! 미려한 오필리어에게" — 이 건 졸렬하군, 서투른데. '미려'라니. 어쨌든 다음을 들어보십시오. 이렇습니다 — "그대의 백설 같은 가슴속에 이 글월을……"

왕비 그게 햄릿에게서 오필리어에게?

폴로니어스 잠깐만 왕비님, 찬찬히 읽어드리겠습니다.

"별인들 어찌 불타오르리

해인들 어찌 움직이리오.

진실이야 아무리 허위라도

행여나 의심 마오, 나의 사랑을.

내 사랑 오필리어, 이 애타는 마음을 시로 읊조리는 재주를 갖지 못해 한스러우나 부디 믿어달라, 나는 그대를 지극히, 더할 나위 없이 사랑하고 있어. 이만 줄인다.

그지없이 사모하는 그대에게 이 몸을 영원히 바친 햄릿 올림."

이 편지를 딸년은 순순히 내놓았습니다. 그뿐이겠습니까. 언제 어디서 어떻게 왕자님과 정담을 나누었는지, 그 자초지종을 다 말해주었습니다.

왕 그래, 오필리어는 어떻게 대했다 하던가?

폴로니어스 전하께서는 저를 어떻게 생각하십니까?

왕 그야 충성스런 사람으로 알지.

폴로니어스 아무쪼록 그리 되기를 원하나이다.

한데 제가 이 뜨겁게 달아오른 사랑이 하늘을 나르는 것을 보고 — 사실인즉 제 딸년이 말하기 전에 이미

눈치채고 있었습니다만 —

마치 책상 서랍이나 편지지 다루듯 보고도 못 본 체

우두커니 벙어리 귀머거리가 되어 수수방관하였다면

전하께서는 저를 어떻게 생각하시겠습니까?

어림없는 일입죠.

저는 즉각 대책을 강구해 딸년에게 이렇게 타일렀습니다.

'그분은 왕자, 네게는 하늘 위 별이다.

아무리 기를 써도 안 될 일'이라고요.

그러고는 일체 왕자님 출입하는 곳을 피하고

보내는 사람도 만나지 말 것이며

선물도 사절토록 엄중 훈계하였습니다.

딸년은 이 말을 곧잘 지켜왔사온데

거절당하신 왕자님께서는, 쉽게 말씀드리죠,

비탄에 빠져 식음을 전폐하시고 밤에는 불면증,

그것이 도져서 신경쇠약, 다음엔 기가 허해지고

그것이 차츰 심해져서 급기야는

현재 보시는 바와 같은 실성.

심히 애통치 않을 수 없습니다.

왕 어떻게 생각하시오?

왕비 있을 법한 일, 그럴 것도 같습니다.

폴로니어스 지금까지 '이것은 이렇습니다' 하고 사뢴 일로서,

알고 싶습니다,

그렇지 않은 적이 단 한 번이라도 있었습니까?

왕 내가 알기로는 없었소.

폴로니어스 만약에 있었다면

(머리와 어깨를 가리키면서)

여기서 이것을 떼어버려주십시오.

실마리만 찾는다면 비록 이 땅덩어리 한가운데 있다 하더
라도

제가 진상을 캐내고야 말 것입니다.

왕 　더 깊이 알아볼 도리는 없을까?

폴로니어스 　아시다시피 왕자님께서는 이 복도를

가끔 몇 시간이고 거니는 일이 있습니다.

왕비 　참, 그렇지.

폴로니어스 　그런 기회를 틈타서

제 딸년을 왕자님 앞에 풀어놓아 보십시다.

전하께서는 제가 모시겠으니 방장 뒤에 몸을 감추고

두 사람이 만나는 것을 살펴보시는 것이 어떻겠습니까.

만약 그때 왕자님께서 제 딸년을 생각하는 것이 아니고

사랑에 연유한 실성이 아니라면

이 보필의 소임을 당장에 면케 해주십시오.

저는 낙향해서 땅이나 파겠습니다.

왕 　음, 그렇게 해보지.

햄릿, 책을 읽으면서 등장.

왕비 　아, 저기. 뭔가 열심히 읽으면서 ―

폴로니어스 　어서 저쪽으로 드십시오.

제가 응대하겠습니다.

왕, 왕비 퇴장.

폴로니어스 왕자님, 안녕하십니까?

햄릿 어, 덕택에.

폴로니어스 저를 아시겠습니까?

햄릿 알다뿐인가. 생선 장수 아닌가.

폴로니어스 천만에. 아니올시다.

햄릿 그렇다면 생선 장수만큼이나 정직한 인간이면 좋겠어.

폴로니어스 정직한 인간?

햄릿 암, 요즘 세상엔 정직한 사람이 만에 하나나 될까?

폴로니어스 옳은 말씀입죠.

햄릿 죽은 개에 햇볕이 입맞추어 구더기를 끓게 하면 맛있는 구더기 밥이 되거든 ─ 댁은 딸을 두었던가?

폴로니어스 네, 있습니다.

햄릿 햇볕에 나다니지 못하게 해. 세상을 인식하는 건 좋지만 임신을 했다간 큰일이지. 그러니 노형, 조심하게.

폴로니어스 (혼잣말) 어렵쇼. 여전히 내 딸 타령. 한데 처음에는 나를 몰라보시고 생선 장수렷다. 돌았어, 몹시 돌으셨거든. 하긴 이 늙은이도 다 겪어본 바 있지. 젊었을 땐 상사병에 어지간히 시달렸으니까. 거의 저 지경에까지 갈 뻔했거든.

어디 한번 더 말을 꺼내보자 — 왕자님, 무엇을 읽고 계십
니까?

햄릿 말, 말, 말.

폴로니어스 어떤 사연이죠?

햄릿 사연? 누구와 누구의 사연이냐고?

폴로니어스 아뇨, 지금 읽고 계신 책의 사연이 뭐냔 말씀입니다.

햄릿 험담일세. 아주 입이 험한 친구로군. 이렇게 써놓았어. 늙
은이란 흰 수염이 나 있는 것이요, 얼굴은 주름살투성이
로 두 눈에선 짙은 호박색 눈곱이 송진같이 흐르고, 노망
하여 정신이 혼미한 데다 무릎은 부들부들. 이거 지당하
기 짝이 없는 말씀이로군. 그러나 이렇게 샅샅이 늘어놓
다니 점잖지 못하지. 그렇지 않은가? 댁만 하더라도 게처
럼 뒷걸음을 치고 기어갈 수 있어봐, 이 햄릿만큼의 나이
가 될 테니.

폴로니어스 (혼잣말) 틀림없이 실성은 하셨는데 말에 조리는 있거
든 — 왕자님, 바깥 공기는 몸에 해롭답니다. 안으로 드시
지요.

햄릿 무덤 안으로 들어가라고?

폴로니어스 하긴 그렇군, 공기가 안 통하니까요. (혼잣말) 이따금씩 아
주 그럴싸한 대답을 한단 말이야. 미치광이가 어쩌다가는
멀쩡한 사람보다 낫다는 점이겠지. 제정신 가지고는 어림
도 없는, 그럴싸한 말이 튀어나오거든. 그럼 이만 해두고

늙은이란 흰 수염이 나있는 것이요,

얼굴은 주름살투성이로 두 눈에선 짙은 호박색 눈곱이 송진같이 흐르고,

노망하여 정신이 혼미한 데다 무릎은 부들부들.

이거 지당하기 짝이 없는 말씀이로군.

− 2막 2장

당장 딸년과 만나게 할 궁리를 해봐야겠군 — 왕자님, 죄
송합니다만 저는 그만 보내주십시오.

햄릿 내주라고? 내가 선선히 내줄 수 있는 것은 그런 허락밖에
더 있나. 하지만 목숨은 안 돼, 목숨만은 어림없지, 없고
말고.

폴로니어스 그럼 안녕히 계십시오.

햄릿 에이, 꼴 사나운 바보 늙은이.

로젠크랜스와 길덴스턴 등장.

폴로니어스 왕자님을 찾나 보군. 저기에 계셔.

로젠크랜스 안녕히 가십시오.

폴로니어스 퇴장.

길덴스턴 왕자님, 문안드립니다.

로젠크랜스 안녕하십니까?

햄릿 어, 반가운 친구로군, 길덴스턴. 아, 로젠크랜스! 그동안
별고 없었나?

로젠크랜스 뭐, 그만그만하게 지냈죠.

길덴스턴 너무 복이 지나쳐도 탈이라지 않습니까. 행운의 여신에게
업혀 사는 복까지는 타지 못했습니다.

햄릿　　그렇다고 그 신발 뒤축도 아니겠지.

로젠크랜스　아무렴요.

햄릿　　그럼 여신의 허리께쯤에서 꽤나 총애를 입고 있는 게로군.

길덴스턴　아닌 게 아니라

　　　　여신의 무릎에 안겨 사는 형편은 됩니다.

햄릿　　거, 손이 가선 안 될 곳에 들어가 있군. 하긴 운명의 여신이
　　　　란 음탕하기로 소문이 나 있으니까. 그건 그렇고, 어디 재
　　　　미있는 이야기라도 없는가?

로젠크랜스　별로요.

　　　　다만 세상이 차츰 올바르게 되어가는 것 같습니다.

햄릿　　그래? 그럼 말세가 가까워진 게로군. 하지만 그 소식은 믿
　　　　을 수 없어. 한데, 한 가지 따져볼 게 있네. 자네들은 행운의
　　　　여신에게 꽤 총애를 받는다더니 어째서 이런 감옥으로 오
　　　　게 됐나?

길덴스턴　감옥?

햄릿　　덴마크는 감옥이야.

로젠크랜스　그렇다면 온 세상이 다 감옥이게요.

햄릿　　물론 큼지막한 감옥이지.

　　　　그 가운데는 독방도 있고 구치소도 있고 토굴도 있어.

　　　　그중에서도 이 덴마크가 가장 악질이야.

로젠크랜스　그렇게는 생각하지 않습니다.

햄릿　　자네들에겐 그렇지 않은 게지. 본시 좋고 나쁜 것은 생각

	하기 나름이니까. 이 햄릿에겐 덴마크가 감옥이란 말일세.
로젠크랜스	그야 왕자님 포부가 크시니까 이 나라 판도로는 너무도 협소하실 것입니다.
햄릿	천만에! 이 햄릿. 비록 호두 껍데기 속에 갇혀 있어도 스스로 무한한 천지의 왕자라고 자처할 수 있는 인간이야. 다만 꿈자리가 사나운 게 탈이지.
길덴스턴	그 꿈이 바로 포부죠. 포부란 따지고 보면 악몽의 그림자에 지나지 않거든요.
햄릿	아니. 꿈 자체가 그림자에 지나지 않는 거야.
로젠크랜스	옳은 말씀입니다. 그리고 포부라는 것도 뜬구름처럼 허황하기 짝이 없어 그야말로 그림자의 그림자에 지나지 않습니다.
햄릿	그렇게 되면 거지가 진짜고, 왕후장상이란 그 거지의 그림자 격밖에는 되지 않겠군. 자, 그럼 안으로 들어갈까. 이치를 따지는 일은 골치 아파.
로젠크랜스, 길덴스턴	저희가 모시겠습니다.
햄릿	천만에, 그런 이야기는 말아주게. 자네들은 다른 시종들과 달라. 적어도 나는 그렇게 생각하고 있어. 솔직히 말해서, 내 뒤를 다들 지긋지긋하게도 따라다니고 있단 말이야. 한데 자네들 무슨 소관으로 이 엘시노어에 왔지? 친구답게 말해주게나.
로젠크랜스	왕자님을 뵈려고요. 다른 용무야 있겠습니까.

햄릿 지금의 나는 거지꼴이라 고맙다는 말 한마디에도 군색할
처지지. 하나 어쨌든 고마워. 어차피 공치사밖에는 되지
않겠지만. 자네들 혹 불러서 온 것이 아닌가? 정말 자진해
서 왔나? 목적 없이 방문할 리야 없겠지. 자, 솔직하게 말
해줘, 사양 말고 말해주게나. 자, 어서.

길덴스턴 글쎄, 뭐라고 말씀드려야 좋을지?

햄릿 이봐, 묻는 대로 대답만 하면 되지 않아. 자네들 불러서 왔
군그래? 얼굴에 벌써 나타나 있어. 그걸 감출 정도로는 감
쪽같이 약지는 못하다는 거겠지. 다 알고 있네. 왕과 왕비
께서 부르셨지?

로젠크랜스 뭣 땜에요?

햄릿 그걸 내가 묻지 않나. 어릴 적부터 변함없이 사귀어온 사
이가 아닌가. 영원히 변치않는 우정을 맹세한 그 신의를
보아서도 말이야, 아니, 구변이 좋은 친구라면 이보다 더
절실하게 호소할 수 있을 것일세. 자, 솔직히들 말해줘. 불
러서 왔지?

로젠크랜스 (길덴스턴을 보고) 어떡하지?

햄릿 (방백) 어림없다. 빤히 들여다보고 있어 ― 친구 사이에
어물거릴 것 없네.

길덴스턴 왕자님, 실은 분부를 받고 왔습니다.

햄릿 그 이유를 내가 대줄까? 이쪽에서 앞질러 말해두면 자네
들은 왕과 왕비에 대한 내밀한 맹세를 저버렸다는 누명

자네들 불러서 왔군그래? 얼굴에 벌써 나타나 있어.
그걸 감출 정도로는 감쪽같이 약지는 못하다는 거겠지.
다 알고 있네. 왕과 왕비께서 부르셨지?

― 2막 2장

을 쓰지 않아도 좋을 테니까 말이야. 왠지 이유는 나도 몰라, 요즘 나는 모든 기쁨을 잃었네. 게다가 매일 하던 무예조차 거르기 일쑤고 이것이 도져서 심사가 우울해지고 보니 이렇듯 수려한 산천도 그저 황막한 곳처럼 느껴질 뿐, 저 하늘, 기막히게 아름다운 창궁(蒼穹), 보게나, 저 찬란한 하늘, 불타오르듯 황금 빛 별들을 쪼아놓은 장엄한 천장, 저것도 내겐 다만 독기 서린 안개 더미로밖에는 안 보이거든. 그리고 이 인간, 참으로 조화의 오묘(奧妙), 이성은 뛰어나고 능력은 무한하며 자태와 거동은 훌륭하기 이를 데 없고 행동은 흡사 천사요 지혜는 신 그대로라 천지간의 정화, 만물의 영장은 바로 이것을 두고 말하는 것이 아니겠는가? 그런 인간이건만 내겐 한갓 쓰레기 더미로밖에 보이지 않아. 인간의 꼴도 보기 싫단 말이네. 여자를 보아도 그렇지. 자네들 그렇게 빙글거리는 걸 보니, 여자라면 다르단 말인가?

로젠크랜스   천만에, 그럴 리가 —

햄릿   그럼 왜 웃었나? '인간의 꼴도 보기 싫다'고 했을 때.

로젠크랜스   인간의 꼴도 보기 싫다고 하셨기에 혹시 극단 배우들이 얼마나 박대를 받을까 하고요. 실은 뵈러 오는 길에 연극단 일행을 앞지르게 됐는데 왕자님께 연극을 보여드리려고 오는 중이랍니다.

햄릿   암, 좋지. 국왕 역은 대환영, 찬사를 아끼지 않을 것이고 용맹한 기사 역에겐 칼과 방패를 실컷 휘두르게 할 터이네. 그리고 애인 역에겐 사랑의 장탄식이 헛되지 않게 대접을 할 것이고 괴짜 성격 배우 역은 조용하게 끝내도록, 어릿광대는 실컷 웃겨서 구경꾼의 허파를 터뜨려놓도록 하지. 그리고 아가씨 역은 마음 놓고 맡은 역을 해치우도록 해줘야겠어. 그렇지 않았다간 대사의 흐름이 막히고 말 테니까. 한데, 그 배우들은 어떤 친구지?

로젠크랜스 왕자님이 늘 좋아하시던 도시의 비극단 일행입니다.

햄릿 그게 어떻게 지방 공연을 와? 도시에 있어야 명성이나 수입이나 어느 모로 보아도 좋을 텐데.

로젠크랜스 그곳은 최근의 소란으로 흥행을 못하게 된 것 같군요.

햄릿 내가 거기 있었을 때만큼 평판이 좋겠지?

지금도 인기가 있는가?

로젠크랜스 아니, 그렇지 못합니다.

햄릿 그건 왜? 벌써 곰팡이가 피었나?

로젠크랜스 아니죠, 여전히 열심히들 하고 있죠. 그런데 요즘은 새끼 매 같은 소년 극단이 생겨서, 이것들이 삑삑 빽빽거리며 목청이 터져라고 소리를 내는 바람에 엄청나게 인기를 휩쓸어버렸습니다. 이게 요즘 유행이어서 지금까지의 성인 연극을 통속극이라고 마구 깎아내리는 바람에 허리에 단검을 찬 한량들도 그쪽 편 극작가의 붓대가 무서워서 이쪽 극장에는 얼씬도 못하는 형편입니다.

햄릿　뭐, 소년 배우들이라고? 누가 경영하고 있지? 그리고 대우는 어떻고? 그 애송이 목소리가 나올 때까지만 배우 노릇을 하겠다는 건가? 그 녀석들도 다른 데 호구의 길이 트인다면 몰라도 어차피 나이가 들면 일반 배우가 되어야 할 판 아닌가. 그렇게 되면 저희 장래를 욕질하는 것밖에는 되지 않을 텐데, 그렇게 시킨 작가들을 원망하지 않겠어?

로젠크랜스　아닌 게 아니라 양쪽에서 서로들 시비가 적지 않습니다. 세상 사람들이야 이 싸움에 불을 지르는 것쯤 뭣이 나쁘냐는 태도죠. 한동안은 그 작가들과 배우 사이의 말다툼 장면을 넣지 않으면 연극이 되지 않을 정도였으니까요.

햄릿　그게 정말인가?

길덴스턴　아무렴요. 아귀 다툼을 벌였답니다.

햄릿　그래, 소년 극단 측이 이겼나?

로젠크랜스　이겼죠. 극장이고 뭐고 다 휩쓸어버렸습니다.

햄릿　하긴 그다지 이상할 것도 없지. 내 숙부는 현재 덴마크의 왕. 아버님 생존 시에는 그 숙부를 본 체도 않던 무리가 이제 와서는 왕의 초상화라면 조그만 그림 한 장에도 돈을 쌓겠다고 법석대는 판이니. 하기야 자연의 이치를 넘는 일이 한두 가지겠나. 철학자인들 어디 다 알아낼 수 있을라고.

안에서 나팔 취주.

길덴스턴 바로 저기 나타났습니다.

햄릿 아무튼 이 엘시노어에 잘 왔네. 자, 이렇게 악수라도 할까. 환영에는 응당 예법이 따라야 하는 것이니 자, 이렇게 악수를 하지. 내가 자네들보다 배우를 더 깍듯이 대접한다고 오해받기는 싫으니까. 하긴 배우에게는 겉치레라도 야단스레 인사를 해보여야 한단 말이야. 어쨌든 잘 왔네. 하지만 내 아저씨 겸 아버지와 아주머니 겸 어머니께선 엉뚱한 생각을 하고 계시는 것 같군.

길덴스턴 어째서 말씀이죠?

햄릿 글쎄, 내 정신이 도는 것은 북서풍이 불 때뿐이고, 남풍이 불면 멀쩡해지거든. 매와 왜가리쯤은 분간할 수 있단 말씀이네.

폴로니어스 등장.

폴로니어스 아, 두 분들 안녕하시오.

햄릿 이봐, 길덴스턴, 그리고 자네도. 귀를 이리로 대주게 — 저기 보게나. 저 다 큰 갓난아기는 아직도 기저귀 신세를 면치 못하고 있어.

로젠크랜스 아마 두 번째로 기저귀 신세를 지신 모양이로군요. 나이를 먹으면 다시 어린아이가 된다지요.

햄릿 어디 맞혀볼까? 영락없이 배우들이 왔다는 이야기일 걸세. 자, 보게나 ─ 암, 자네 말이 맞았어. 그게 월요일 아침이지, 틀림없다니까.

폴로니어스 왕자님, 반가운 기별이올시다.

햄릿 나리, 반가운 기별이오. 그 옛날 로시어스가 로마의 배우였을 때 ─

폴로니어스 바로 그 배우들이 여기 왔습니다.

햄릿 그래, 그래!

폴로니어스 정말이라니까요 ─

햄릿 배우들 나귀 타고 왔도다.

폴로니어스 천하의 명배우들, 비극이건 희극이건 무엇이든 천하 일품. 역사극, 전원극, 전원극적 희극, 역사적 전원극, 비극적 역사극, 희비극적 역사적 전원극, 무엇이건 무소불능이요, 딱딱한 고전극, 자유로운 신작극. 어느 것에도 능수요, 세네카 비극을 올려서 지나치게 심각하지 않고, 플라우투스 희극을 올려서 경박에 흐르지 않소이다. 극본대로든 즉흥이든 어느 것을 막론하고 천하의 제일인자올시다.

햄릿 오, 이스라엘의 명판관, 딸을 제물로 바친 엡타여, 그대는 훌륭한 보배를 가졌구려.

폴로니어스 어떤 보배를 가졌던가요?

햄릿 아, 왜, 노래에도 있지 않은가.

"금지옥엽 귀한 딸을 애지중지하였으니"

폴로니어스 (혼잣말) 여전히 내 딸 타령.

햄릿 그렇지 않은가, 엡타 노인.

폴로니어스 제가 엡타라고요? 하긴 애지중지하는 딸이 하나 있습죠.

햄릿 그렇게 받아서는 안 되지!

폴로니어스 그럼 어떻게 받는가요?

햄릿 그걸 몰라? "천생 팔자 연분으로."

그다음은 이렇지. "이 꼴 저 꼴을 다 보았네."

더 알고 싶거든 이 성가의 1절을 보게나. 자, 더 얘기할 틈
이 없어. 저기 배우들이 오는군.

배우 4, 5인 등장.

어서들 오게, 다들 잘 왔어. 반갑군. 아, 자네도 왔나, 오랜만
인데. 얼굴에 웬 수염이 그렇게 무성해? 전엔 없더니만. 아
니, 덴마크까지 와서 나에게 어른 노릇을 할 작정인가. 허,
이거 귀여운 아가씨께서! 어부인께선 지난번보다 구두 뒤
축만큼은 천당에 더 가까워지셨는걸. 이젠, 그저 그 목청
에 못 쓰는 금화(金貨)처럼 금이나 가지 않도록 축원해주어
야겠어. 다들 반갑네. 프랑스 매 사냥꾼은 아니지만 닥치는
대로 어디 들어보자꾸나. 당장에 한 구절 뽑아주실까. 어디
근사한 대목을 들려줘. 자, 비극 장면이 좋겠지.

배우 1 어떤 장면으로 하실깝쇼?

햄릿 언젠가 한번 들려준 것이 있지. 상연은 한 번도 안 됐을 거

야. 아니, 하긴 한번쯤은 상연되었을는지 몰라. 아무튼 대
중의 환영은 받지 못하였을 거야. 개 발에 편자라고 일반에
겐 너무 고급이었지만 거 훌륭한 연극이었네. 나보다 훨씬
비평의 안목이 있는 친구들도 그렇게 말했지만, 장면마다
손질이 잘되어 있고 재치가 있으면서도 도를 넘는 일이 없
었지. 누군가가 말했거니와 내용을 맛있게 하려고 양념을
마구 치거나 겉멋을 부려보려고 말투를 건방지게 하는 일
이 없고, 여문 솜씨에 재미있고 건전하고, 손질에서 온 것
이 아니라 천성의 아름다움에 차 있다고 했어. 그중에서도
내 마음에 든 대목은 이니어스가 다이도 여왕에게 이야기
하는 대목, 특히 프라이엄 왕의 무참한 최후를 말하는 구절
이 좋아. 잊어버리지 않았거든 거기서부터 시작해보아줘.
가만있자, 저 ― "호걸 피러스, 히르카니어의 비호처럼"
아니, 그렇잖아. 피러스부터 시작은 하는데, 그렇지,
"호걸 피러스, 칠흑의 밤을 방불케 하는 시커먼 배짱,
갑옷도 검정 일색으로 잠복한 곳은
흉측스런 목마의 뱃속이로다.
험상궂은 얼굴로 나타난 모습
처참한 형용이야 어찌 다할까.
아비 어미 아들 딸의 선지 피로써
머리에서 발톱까지 피투성이에
화염이 충천하는 트로이 거리,

아비규환 생지옥의 광경이로다.

분노의 화염은 충천하는데

아교 같은 피 칠로 전신을 덮고

혹옥 같은 두 눈에는 살기가 등등,

아수라(阿修羅)도 이럴소냐 호걸 피러스,

트로이의 노왕을 찾아갔더라.”

자, 다음을 받아줘.

폴로니어스 출중한 솜씨, 억양이고 이해고 그만이올시다.

배우 1 “이윽고 피러스

트로이의 노왕 프라이엄을 찾아냈더라.

때마침 노왕은 희랍군을 상대하는데

몰려드는 적군을 한 번 치고는 칼을 떨어뜨렸다.

이때 마침 내려친 피러스의 칼,

노왕 향해 분노의 일격을 가했더니라.

그러나 요행히도 빗나간 칼에

노왕은 위급을 면하였지만

사나운 칼 서슬에 그만 주춤하여

그 자리에서 기운 없이 쓰러졌도다.

그 바람에 놀란 것은 트로이 궁전,

무심한 궁전도 느꼈음인가

이때 바로 화염에 싸여 있던 누각 지붕이

천지가 무너지듯 쓰러졌도다.

이 소리에 피러스 움찔 놀라서

저 보소, 백발 노두 내려치던 칼

허공에 얼어붙어 요동이 없네.

폭풍이 일기 전 하늘에는 잠잠한 한때가 있다던가

구름은 걸음을 멈추고 소란스런 바람도 입을 다물어

삼라만상이 죽은 듯 적막할 때 갑자기 들려오는 저 천둥소리

천지가 진동하는 양 요란스럽도다.

잠시 망설이던 피러스,

다시금 복수심에 불타 정신을 가다듬고 피 묻은 장검을,

가련하도다, 프라이엄 두상에 내려쳤느니라.

군신(軍神) 마르스의 불사신의 갑옷을 별러서 만든

거인 사이클롭스의 철퇴인들 이리도 무정할 수 있을소냐.

아, 아서라, 그대 화냥년 같은 운명의 여신.

하늘의 제신이여

중의를 모아 이 여신의 힘을 빼앗아주소서.

여신의 수레바퀴의 살과 테는 모조리 깡그리 부수고

바퀴는 구천(九天)에서 굴러뜨려 저 지옥에 던져주시옵소서.”

폴로니어스 이건 너무 긴걸.

햄릿 좀 잘라버릴까, 기왕에 그 수염도 같이 말이야. 자, 다음을 계속해줘. 저 사람은 노랫가락이나 음담패설이 나와야지 그렇지 않으면 졸고 마는 위인이거든. 자, 이번엔 헤큐바의 대목을.

배우 1 "그러나 그때 누가 보았으리오,

슬프도다. 얼굴을 싼 왕비 헤큐바의 모습을" ―

햄릿 얼굴을 싼 왕비?

폴로니어스 거 좋은데요, '얼굴을 싼 왕비'라니 좋군.

배우 1 "충천하는 화염도 끄려는 듯

억수 같은 눈물을 지으며 맨발로 허둥지둥.

보관(寶冠)을 얹고 있던 머리에는 이제 보자기 하나뿐,

치렁대던 비단옷은 어디메로 갔는가.

다산(多産)으로 시든 그 가는 허리에는

주워 걸친 담요 자락밖엔 없었더라.

가련한 이 광경을 목도한 자

그 누군들 운명의 신의 가혹함을 저주하지 않으리오.

오, 보라,

피러스의 흉검이 프라이엄 노왕의 사지를 저미는 광경을.

이 광경을 보고 놀라는 왕비의 으악 소리.

이 참상을 앞에 두고 천상의 제신인들

인간사에 어찌 무심할 수 있으리오.

하늘의 반짝이는 저 별들의 눈을

눈물로 적시며 슬퍼하리라."

폴로니어스 저것 보게. 안색까지 변하며 눈물이 글썽글썽. 자, 그만들

하게.

햄릿 좋아. 나머지는 차후에 듣기로 하지. 그럼 나리, 배우들 치

다꺼리를 잘해주오. 알았소? 잘 대접하란 말이야. 배우란 시대의 축도, 간결한 역사 책이오. 죽어서 묘비명이야 어떻게 되든 살아 생전에 저 친구들 구설수에 오르지 않는 게 상책이니까.

폴로니어스 네. 분에 맞게 대접하겠습니다.

햄릿 분에 맞은 대접이라니. 더 잘해주시오. 분에 맞게 대접한다면 이 세상에 회초리를 면할 사람이 누가 있겠어. 이쪽 체면과 범절에 어울리게 대접하란 말이오. 상대방에게 그만한 값어치가 없으면 없을수록 이쪽의 선심이 빛나는 법이니까. 안내를 해주시오.

폴로니어스 자, 이쪽으로.

햄릿 따라들 가게. 연극은 내일 보기로 하겠어.

폴로니어스와 배우들 퇴장.

잠깐 기다려.

배우1만 남는다.

자네 할 수 있겠나? '곤자고 시역(弑逆)' 말일세.

배우 1 네.

햄릿 내일 밤 그것을 상연해줘. 그런데 열 네댓 줄 가량 더 써넣

어도 좋겠지? 내가 써줄 테니. 어때?

배우 1 좋습니다.

햄릿 그럼 됐어. 저 사람을 따라가게나. 너무 놀려먹지 말고.

배우 1 퇴장.

(로젠크랜스와 길덴스턴을 보고)

아, 실례. 밤에 다시 만나세. 어쨌든 잘 와줬어.

로젠크랜스 그럼 물러가겠습니다.

두 사람 퇴장.

햄릿 잘 가게.

이제 나 혼자로구나.

아, 어쩌면 이리도 돼먹지 못한 지지리도 못난 인간일까.

저 배우를 좀 보지.

기껏해야 꾸며낸 이야기, 그런데도 그 헛된 감정에서 우러나와

온 마음을 빼앗겨 안색은 창백해지고

눈물이 글썽인 채, 정신은 착란한 듯

목소리도 메어지고

일거일동이 빠짐없이 꾸며낸 인물 그대로가 아닌가.

그런데 이 모든 게 대체 뭣 때문이지? 아무 이유도 없어.

오직 헤큐바를 위해서 저렇게 눈물을 흘리다니

대관절 헤큐바가 그에게 무엇이며 그는 헤큐바의 뭐냔 말

이다.

만약 저 친구가 나만큼 원통한 심사를 자아내는

동기를 갖는다면 어떻게 하겠지?

무대를 눈물로 흠뻑 적시고 소름 끼치는 대사로

구경꾼의 귀를 찢기라도 할 것이 아니겠는가?

죄 있는 자는 미칠 것이요 무고한 자도 두려움에 떨고

무지한 자는 그저 어리둥절해서

귀와 눈이 제구실을 하지 못하게 될 것이 아닌가?

그런데도 나는 이 얼빠지고 미련하기 짝이 없는 인간.

꿈속을 헤매면서 대사는 저버리고 입은 봉창이 되어버렸지.

악당 손에 왕위는 물론 소중한 목숨마저 빼앗기고 만

아버님 국왕을 위한다면서 이게 무슨 꼴이야.

내가 비겁한 인간이란 말인가?

누구냐, 나를 고얀 놈이라고 하는 것은.

내 머리통을 후려갈기고 코를 비틀면서

나를 멀쩡한 거짓말쟁이라고 욕하는 자는 누구지?

무례한 놈, 하나 달게 받을 수밖에.

간이 비둘기만도 못한 인간, 굴욕을 막아낼 밸도 없는 인

간이지.

그렇지 않다면 왜 이대로 있어?

벌써 저 인간 같지 않은 놈의 오장육부를 먹이로 주어

하늘의 솔개미 떼를 잔뜩 살찌게 했을걸.

천하에 무도한 놈!

잔학하고 음흉하고 음탕하고 염치없는 놈!

아, 복수다.

내가 얼이 빠졌어. 장하다, 장해.

글쎄, 어버이의 참변을 당하고

천지가 다같이 원수를 갚으라고 재촉하는데도

나는 뭐지. 그저 말로만 가슴속을 털어놓았을 뿐

되지 못한 갈보년처럼 입만 조잘대고 욕설밖에는 뭣을

했어.

천덕꾸러기! 흥, 잘하는구나, 잘해.

정신을 차리란 말이야 — 음, 됐다.

죄 지은 놈이 연극을 보다가 하도 근사하게 꾸며졌기 땜

에 그만 감동된 나머지 제 죄상을 다 털어놓은 일이 있었

다지. 있음 직한 이야기지

살인의 죄는 입이 없어도 스스로 실토하기 마련이거든

정말 신기한 노릇이야.

아까 그 배우들을 시켜 숙부 앞에서

아버님 살해 장면과 비슷한 것을 해보이도록 해야겠다.

그때 눈치를 살펴 놈의 급소를 찌르도록 해야겠어

그래서 움찔이라도 한다면 더 주저할 것이 없다.

저번의 망령, 혹시 마귀의 소행인지도 몰라

마귀란 어떤 형용이건 맘대로 할 수 있다니까.

혹시 내가 기허하고 우울증이 있는 틈을 타서

나를 망치려고 드는 수작일지 모르지.

이럴 때는 마귀에게 넘어가기 쉽거든

그러니 좀더 미더운 증거가 필요해.

됐어. 연극이다

기어이 왕의 본심을 들춰내고야 말걸.

햄릿 퇴장.

3막

1장 궁중의 어느 방

왕, 왕비, 폴로니어스, 오필리어, 로젠크랜스, 길덴스턴 등장.

왕 그래, 아무리 먼 발치로 물어보아도 소용이 없더란 말이
오? 왕자가 어째서 이런 정신 나간 짓을 하면서
미치광이 행세로 탈 없는 나날을 소란스럽게 하는지
그 이유를 알 수 없었다고?

로젠크랜스 그분께서도 이상해졌다고 고백하시지만,
어째서 그렇게 되었는가 하는 데 대해서는
일절 말씀을 안 하십니다.

길덴스턴 게다가 저희가 좀 캐물어보려 해도
탐지를 당하는 게 싫은 모양인지 슬쩍 실성한 척하면서

용케 피해버리십니다.

왕비 반갑게 대하기는 했는지요?

로젠크랜스 그야 매우 의젓하게.

길덴스턴 하지만 내키지 않는 일을 마지못해 하시는 듯했습니다.

왕비 무슨 심심풀이라도 권해보았소?

로젠크랜스 실은 저희가 여기 오는 도중

우연히 극단 일행을 만났습니다.

그 말씀을 드렸더니 퍽 좋아하시는 기색.

이미 그 일행이 와서 오늘 밤으로 연극을 하라는 분부를

내리신 것으로 알고 있습니다.

폴로니어스 그렇습니다.

두 분께서도 참관하십사는

왕자님의 말씀이었습니다.

왕 구경하고말고.

왕자의 마음이 그렇게 움직였다는 것은

어쨌든 반가운 노릇이오.

경들은 앞으로도 자주 권유하여 이런 소일거리에

흥취를 돋우게 애써주시오.

로젠크랜스 명심하겠습니다.

로젠크랜스와 길덴스턴 퇴장.

왕　여보, 거트루드, 잠시 자리를 비켜주시오.

실은 은밀히 햄릿을 이리로 불러놓았어

여기서 우연히 오필리어와 만나게 하자는 생각이오.

그의 아비와 나는 떳떳이 정탐할 수 있는 처지인 사람

여기 숨어서 둘이 만나는 광경을 몰래 살펴볼까 하오.

그 행동을 보아

왕자가 실성한 게 과연 상사병 탓인지

판단해보자는 것이오.

왕비　분부대로 하겠어요.

여봐, 오필리어, 햄릿의 그 실성이

너의 아리따움에서 온 것이라면 오죽 좋겠느냐.

그렇기만 하다면

얌전한 네 마음씨에 그 애는 다시 제정신으로 돌아올 것이다.

너희 두 사람의 앞날을 위해서도 그렇게 바라고 싶구나.

오필리어　저 역시 같은 심정입니다.

왕비 퇴장.

폴로니어스　얘, 오필리어, 여기서 거닐고 있거라.

죄송합니다만 전하께서는 같이 몸을 감추십시다.

(오필리어를 보고) 이 기도서를 읽고 있거라.

그렇게 책에 골몰한 척하면 혼자 있어도 수상치 않느니라.

저기 들려오는 발소리. 자, 몸을 숨깁시다.

− 3막 1장

신심의 탈을 쓰고 경건을 가장해서

마귀의 본성을 그럴싸하게 사탕발림하는 일은

물론 탓해야 할 노릇이나 세상에는 흔히 있는 일이다.

왕 (혼잣말) 과연 그렇다.

그 한마디가 내 양심을 아프게 채찍질하는구나.

지분을 발라 곱게 단장한 창녀의 볼이 사실은 추하다지만

그렇듯 분칠한 말 뒤에 숨긴 내 소행의 추함은 어떤가.

아, 무겁구나, 이 죄과의 짐.

폴로니어스 저기 들려오는 발소리. 자, 몸을 숨깁시다.

왕과 폴로니어스 퇴장.

햄릿 등장.

햄릿 죽느냐 사느냐, 이것이 문제로구나.

어느 쪽이 더 사나이다울까?

가혹한 운명의 화살을 받아도 참고 견딜 것인가?

아니면 밀려드는 재앙을 힘으로 막아 싸워 없앨 것인가?

죽어버려, 잠든다. 그것뿐이겠지.

잠들어 만사가 끝나 가슴 쓰린 온갖 심뇌와

육체가 받는 모든 고통이 사라진다면

그것은 바라마지않는 삶의 극치.

죽어, 잠을 잔다. 잠이 들면 꿈을 꿀 테지

그게 마음에 걸리는구나.

이승의 번뇌를 벗어나 영원한 잠이 들었을 때

그때 어떤 꿈을 꿀 것인지 그게 망설임을 준단 말이다.

그러니까 고해 같은 인생에 집착이 남는 법.

그렇지 않다면야 누가 이 세상의 사나운 비난의 채찍을 견

디며

폭군의 횡포와 우쭐되는 자의 멸시

버림받은 사랑의 고민이며 재판의 지연

관리들의 오만, 덕 있는 인사에게 가해지는 소인배들의 불손

이 모든 것을 참고 견딜 것인가?

한 자루의 단도면 쉽게 끝낼 수 있는 일인데.

누가 지리한 인생길을 무거운 짐에 눌려 진땀을 뺄 것인가?

다만 한 가지, 죽은 다음의 불안이 있으니까 문제지.

나그네 한번 가서 돌아온 적 없는 저 미지의 세계

그것이 우리의 결심을 망설이게 해.

알지도 못하는 저승으로 날아가 고생하느니

차라리 현재의 재앙을 받는 게 낫다는 것이지.

이런 옳고 그름의 분별심 때문에 우리는 겁쟁이가 되고 말아.

결의의 생생한 혈색은 생각의 파리한 병색으로 그늘져서

충천할 듯 의기에 찬 큰 과업도 흐름을 잘못 타게 되고

마침내는 실행의 힘을 잃고 말게 돼.

쉿, 어여쁜 오필리어! 숲속의 요정,

기도하거들랑 이 몸의 죄도 함께 용서를 빌어주오.

오필리어 왕자님, 요즘은 어떠하시온지요?

햄릿 고마운 말씀. 태평 무사, 무사 태평이오.

오필리어 왕자님께서 저에게 주신 선물 여기에.

벌써부터 돌려보내드리려 하던 것

자, 받으소서.

햄릿 아니, 난 선사한 적이 없어.

오필리어 무슨 그런 말씀을

왕자님께선 잘 아시면서.

주실 때 하신 그윽한 말씀

그것이 있었기에 값진 선물이었습니다.

그러나 이제 그 향기 사라졌으니 다시 찾아가세요

주신 분의 정이 변하면 값진 선물도 초라해집니다.

자, 여기요.

햄릿 핫하하, 그대는 정숙한가?

오필리어 네?

햄릿 아니면 미인인가?

오필리어 무슨 말씀을?

햄릿 정숙하고 미인이거든 아예 그 둘 사이가 가까워지게 하지

말란 말이야.

오필리어 아름다움처럼 정숙함에 더 어울리는 연분이 다시 없을 텐

데요.

햄릿 천만의 말씀. 미모가 정숙함을 불의로 타락시키기는 쉽지만 미인을 정숙하게 만들기란 그리 쉬운 노릇이 아니야. 예전만 해도 한낱 궤변에 지나지 않았지. 그러나 지금은 세상이 버젓이 증명하고 있어. 나도 그대를 사랑한 적이 있었다.

오필리어 저도 그렇게 믿었어요.

햄릿 그까짓 것 믿지 말아야 했어. 낡은 밑동거리에 아무리 미덕을 접붙여보았댔자 소용없는 노릇. 밑동의 본바탕이 드러나지 않고는 못 배기니까. 나는 그대를 사랑한 적이 없다.

오필리어 그러시다면 속은 제가 못난 계집이었군요.

햄릿 수녀원으로 가. 왜 사내와 사귀어 죄 많은 인간을 낳겠다는 거야? 이 햄릿이란 사나이 제 딴은 꽤 성실한 인간으로 자처하는데도 어머니가 나를 낳아주지 않았으면 할 정도로 결점이 많단 말이야. 오만하고 집착이 강하고 야심만만하고 그 밖에도 또 무슨 죄를 지을는지 모르는 인간, 나 자신도 뚜렷이 알지 못하는 죄, 마음속에 형태를 갖추지 못한 죄, 틈만 있으면 당장에라도 저지를 죄, 이런 것들로 가득하단 말이야. 이런 미물이 천지간에 기어다녀서 무슨 소용이 있어. 이 세상 인간들은 모조리 악당들이야. 아무도 믿지 말고 그저 수녀원으로나 가버려. 아버지는 어디 있지?

낡은 밑둥거리에 아무리 미덕을 접붙여보았댔자 소용없는 노릇.

밑둥의 본바탕이 드러나지 않고는 못 배기니까.

나는 그대를 사랑한 적이 없다.

— 3막 1장

오필리어 네, 집에요.

햄릿 그럼 못 나오게 문을 꼭 잠가둬. 바깥에 나와서 어릿광대 노릇을 못하게 말이야. 잘 있어.

오필리어 하나님, 저분을 보우해주옵소서!

햄릿 만약 시집 가려거든 혼수 대신에 악담이나 하나 선사해주지. 아무리 그대가 얼음같이 정숙하고 눈같이 순결해도 세상 사람 구설은 면치 못할 줄 알란 말이야. 수녀원으로 가. 잘 있어. 그래도 꼭 시집 가려거든 바보에게나 가. 똑똑한 사내가 어디 장가를 들 것 같아. 이마에 뿔 달린 괴물이 될 줄 뻔히 알고 있는데. 가란 말이야, 수녀원으로. 당장에라도 가버려. 잘 있어.

오필리어 하나님, 제발 저분을 제정신으로 돌려주시옵소서!

햄릿 다 알고 있어. 너희들은 하나님께 받은 얼굴을 두고서 연지 곤지 다 칠하여 딴판으로 만들지 않나, 엉덩이를 흔들고는 춤을 추지 않나, 알랑대는 걸음걸이를 걷지 않나, 콧소리로 재잘거리지 않나, 하나님이 만든 것에 별명 붙이기 예사고 심지어는 음탕한 짓을 멋대로 저지르고서는 '아뇨' 한마디로 시치미를 떼고. 아, 못 참아. 덕분에 이렇게 미쳤어. 이제부터 결혼은 없는 거다. 기왕에 한 것은 봐주지만 한 놈만은 안 돼. 가버려, 수녀원으로 말이야.

햄릿 퇴장.

오필리어 아, 그토록 고귀하신 분이 어찌 저 꼴로

귀인다운 눈매, 선비다운 교양, 무사다운 기상,

나라의 정화(精華)요, 풍속의 거울, 예절의 본보기로

만인이 우러러보던 왕자님이 저 모양 저 꼴이 되시다니.

온 세상 여자들 중 가장 비참하고 가엾은 처지에 빠졌어.

차라리 그 이의 달콤한 맹세를 듣지 않았을 것을.

아름다운 종소리처럼 거룩하게 울리던 정신은 온데간데

없고

이젠 어지러이 깨진 소리뿐

꽃다운 청춘의 수려한 모습도

이젠 실성의 독기를 머금고 시들어졌음을 이 눈으로 보다니

옛날의 광경이 아직 눈에 아련한데 지금 이 꼴을 보게 되

다니.

아, 기막혀, 기막혀.

왕과 폴로니어스 다시 등장.

왕 사랑 때문이라고! 그쪽으로 기울어진 마음은 아니다.

다소 조리는 없다 하더라도

말마디 하나하나가 미친 사람의 소리는 아니야.

필경 무엇인가 속에 품고 있어

그것을 품고 있자니까 저렇게 울적하지.

그러나 그것이 알을 까고서 바깥으로 뛰쳐나오면 위태해.

안 되겠다, 이걸 미리 막기 위해선 먼저 손을 써야겠어.

옳지, 급한 대로 결정하자.

시각을 지체 말고 왕자를 영국으로 보내자,

그동안 지체된 조공의 독촉도 있으니까.

수륙 만리 길을 떠나 타국 물정에 접하면

가슴속에 맺힌 응어리도 자연 풀릴 거야.

늘 생각에만 골똘하니 저렇게 실성할 법도 하지.

어떨까, 이 궁리가?

폴로니어스 묘안인 줄 압니다. 하지만 저의 생각으로는

왕자님의 실성의 근원이 상사병임에 틀림없는 줄 압니다.

　　— 아니, 너, 오필리어, 알았다, 이야기할 것 없어. 다 들었

으니까 —

전하 처분대로 하실 것이로되

연극이 끝난 후 왕비께서 조용히 왕자를 부르셔서

수심이 뭔지를 토로하도록 간곡히 분부하시면 어떨까 합

니다.

그리고 허락해주신다면 제가 적당한 장소에서

두 분의 말씀을 엿듣기로 하지요.

그렇게 해서라도 왕자님의 마음속을 알아낼 수 없다면

그땐 영국으로 파견하건, 경우에 따라서는

적절하다고 생각하는 곳에 감금을 하시건

처분대로 하시는 것이 좋을까 합니다.

왕 좋소. 신분 있는 자의 광증은 내버려둘 수 없는 노릇이오.

모두 퇴장.

2장 성안의 홀

햄릿과 배우들 등장.

햄릿 알았나? 대사는 내가 해보인 것처럼 자연스럽고 경쾌하게 해야 해. 많은 배우들이 하듯이 입을 크게 벌리고 떠벌릴 바에야 차라리 거리의 약장수를 불러다 시키는 게 낫지. 그리고 손을 움직일 때는 이렇게 허공을 마구 휘두르지 말고 그저 의젓하게 할 것. 감정이 격해서 격류나 폭풍, 아니면 회오리바람을 일게 할 때일수록 억제를 배워야 해. 그래야 연기에 부드러운 맛이 생기거든. 가발 쓰고 난폭하게 소리나 지르면서 격정을 갈기갈기 찢어버리는 따위는 기껏해야 무언극(無言劇)이나 시끄러운 구경거리밖에는 볼 줄 모르는 삼등석 구경꾼이나 좋아할까. 그따위를 보면 볼기짝이라도 때려주고 싶단 말이야. 그쯤 되면 난폭한 회교신(回敎神) 터머건트도 내다 앉치고, 폭군 헤롯 왕보다 한술 더 뜬 격이 되고 말걸.

배우 1 명심하겠습니다.

햄릿 그렇다고 너무 맥이 빠져도 곤란해. 그 점은 각자 분별에 맡길 수밖에 없지. 요컨대 동작을 대사에, 대사를 동작에다 맞추라는 것뿐인데 다만 명심해둘 것은 자연의 절도를 넘지 않도록 하는 일이야. 매사에 있어 지나침은 연극의 본성을 벗어나는 것이니까. 예나 지금이나 다름없지만 연극의 목적이란 말하자면 자연에다 거울을 비추는 일. 선은 선, 악은 악 그대로, 있는 그대로를 비춰내며 시대의 모습을 고스란히 드러나게 하는 데에 있어. 그러니까 이 점을 지나쳤을 때, 또 반대로 미흡한 경우도 일반이지만, 뜨내기 손님은 웃겨줄 수 있어도 눈 높은 관객은 한탄할 수밖에 없어. 그런데 이런 눈 높은 손님이야말로 그 한 사람의 비난이 전체 손님의 칭찬보다 더 무서운 법이야. 하긴, 내가 구경한 것들 중에도 심한 배우가 있더군. 손님들이야 좋다고 하지. 하지만 좀 싫은 소리를 하자면 그게 어디 기독교도의 말씬가. 동작도 그렇지. 이건 기독교도는커녕 이교도에게도 없어. 대체 인간의 동작이 아니야. 괜스레 뽐내거나 고함만 지른단 말이야. 이쯤 되면 조화의 신

이 아니라 얼치기 제자를 시켜서 만든 것이 아닌가 생각
될 정도지. 인간을 본떠도 이건 추악하기 이를 데 없는 모
방이지.

배우 1 저희 극단은 그 점을 꽤 고쳤다고 생각합니다만.

햄릿 아니, 철저하게 뜯어고쳐야 해. 그리고 어릿광대 역도 극
본 이외의 대사는 지껄이지 못하게 하고. 개중에는 뜨내
기 손님을 웃기려고 저부터 먼저 웃어보이는 자도 있는
데, 그 바람에 연극의 진짜 중요한 요점은 어디로 달아났
는지조차 모르게 돼버려. 언어도단이지. 어릿광대 역의
치사스런 배짱이 빤히 들여다보이는 수작이야. 자, 어서
들 준비하게.

배우들 퇴장.

폴로니어스, 로젠크랜스, 길덴스턴 등장.

햄릿 어떻게 됐소? 국왕께서 구경하시겠다고?

폴로니어스 네, 왕비께서도 같이. 곧들 나오십니다.

햄릿 그럼, 배우들을 재촉해주시오.

폴로니어스 퇴장.

자네들도 가서 재촉해주게나.

로젠크랜스, 길덴스턴   네.

두 사람 퇴장.

햄릿   어, 호레이쇼!

호레이쇼 등장.

호레이쇼   부르셨습니까?

햄릿   호레이쇼, 내 숱한 사람들과 사귀어보았지만

자네만큼 올바른 인물은 못 보았네.

호레이쇼   원, 별말씀을 다 —

햄릿   아니, 아첨이라고 생각지 말아.

자네는 그 올바른 성품을 빼놓고는 의식(衣食)의 방도도

없는 사람,

내 무슨 이득을 바라서 그런 소리를 하겠는가?

가난뱅이에게 누가 아첨을 떨지?

우쭐대는 바보 천치를 핥는 짓은

달콤한 혓바닥을 가진 자에게 맡겨두세.

아첨에 이득이 따라옴 직한 데는

무르팍을 저절로 굽실대는 녀석이 제격이지. 그렇지 않은가?

여보게 호레이쇼, 비록 변변치 못한 인간이지만

철들어서 사람을 분간하게 된 뒤로부터

자네를 마음의 벗으로 정해놓고 왔네.

인생의 갖은 고초, 그것을 두루 겪으면서 조금도 내색이 없고

운명의 신이 벌주거나 밀어주거나

다 한결같이 고마운 마음으로 받아들이는,

자네는 그런 사람이야.

감정과 이성이 알맞게 조화를 이루어

운명의 신의 가락에 놀아나 무슨 소리든 내는

그런 통소잡이는 되지 않는단 말이거든.

정말 복된 사나이지.

격정의 노예가 되지 않는 사람, 그런 사람이 있다면

이 마음속에 고이 간직해두고 싶어. 그게 바로 자넬세.

내 말이 좀 장황해졌군.

그건 그렇고, 오늘 저녁 왕 앞에서 연극을 하게 됐네.

실은 그 가운데 한 장면, 언젠가 이야기했지,

아버님 돌아가실 때와 비슷한 모양을 꾸며보았어.

그래서 부탁이란 다름이 아니라

그 장면이 나오거든 숙부의 거동을 아주 꼼꼼하게 살펴봐
주게.

만약 숙부의 숨은 죄악이 어느 대사에서도 드러나지 않는
다면

일전에 본 그 유령은 필시 악귀임이 분명,

내 생각이 더럽기가 화신(火神) 발칸의 대장간 못지 않을

걸세.

알았나, 그 얼굴을 잘 살펴주는 거야

나도 물론 이 두 눈을 못 박듯 지켜보겠지만.

나중에 우리 둘의 의견을 종합해서 판단을 내려보세.

호레이쇼 알았습니다.

연극 도중에 한눈이라도 파는 일이 있다면

그 벌은 달게 받겠습니다.

햄릿 이제들 나오는 모양, 또 미친 척해야겠군.

어디 적당히 자리를 잡게나.

나팔 취주. 왕, 왕비, 폴로니어스, 오필리어, 로젠크랜스, 길덴

스턴 그 밖의 정신들 등장.

왕 요즘은 경황이 어떠냐, 햄릿.

햄릿 아주 좋습니다. 카멜레온처럼 공기만 마셔서 약속으로 헛

배만 불렀으니까요. 하긴 이런 모이로는 닭인들 어디 살

이 찌겠어요.

왕 동문서답이로군. 무슨 소린지 모르겠구나.

햄릿 저도 무슨 소린지 모르겠는데요. (폴로니어스에게) 나리,

대학 시절에 연극을 하셨다지?

폴로니어스   네, 했습죠. 솜씨가 제법이라는 평을 들었습니다.

햄릿   뭘 했던가?

폴로니어스   줄리어스 시저를 했지요. 그래서 의사당에서 맞아 죽었죠. 부르터스란 놈이 저를 죽였습죠.

햄릿   뭐? 의사당에서 이런 우둔한 사람을 죽이다니 정말 부르터스답군 그래. 배우들 채비는 되었나?

로젠크랜스   네, 분부를 기다리고 있습니다.

왕비   햄릿, 이리 와서 어미 곁에 앉으려무나.

햄릿   아니올시다. 여기 더 강하게 끄는 자석이.

폴로니어스   (왕에게) 허, 저것 보십시오.

햄릿   아가씨 무릎 사이에 누워도 될까?

오필리어   아이 참, 왕자님도!

햄릿   아니 무릎을 좀 베자는 거지.

오필리어   그건 좋아요.

햄릿   내가 무슨 상스런 짓이라도 할 줄 알았어?

오필리어   아뇨, 그런 생각은 ―

햄릿   처녀 가랑이 속에 눕는 것도 나쁘지는 않은데.

오필리어   뭐라고요?

햄릿   아냐, 아무것도.

오필리어   무척 쾌활하시네요.

햄릿   누가, 내가?

오필리어   그럼요.

햄릿　천만에. 나야 하찮은 어릿광대, 사람이 유쾌하지 않고서
　　　　야 어디 살맛이 나나. 저것 봐, 우리 어머님은 온통 희색만
　　　　면이로군. 아버님이 돌아가신 지 두 달도 채 못 되는데.

오필리어　아네요. 벌써 두 달의 갑절은 되었어요.

햄릿　뭐, 벌써 그렇게? 그럼 검은 상복은 악마에게 물려주고 같
　　　　은 검정이라도 수달피 검정 옷을 입어야겠군. 흥, 놀랄 일
　　　　인데. 돌아가신 지 두 달인데 여태껏 잊지 않고 있다니. 이
　　　　러다간 위대한 인물의 이름쯤은 넉넉히 반년은 버티겠는
　　　　걸. 하지만 그다음에는 교회라도 지어놓아야 할 거야. 그
　　　　렇지 않았다간 애들이 타고 노는 장난감 목마나 다름없이
　　　　잊혀지고 말테니까. 그러니까 비문은 이렇게 적으면 되지.
　　　　'목마야, 목마야, 네 모습은 어디메냐'.

　　　　관악 취주. 무언극 시작.

　　　　왕과 왕비 정답게 등장.

　　　　서로 껴안는다. 왕비 무릎을 꿇고 왕에 대해 변함없는 사랑의
　　　　맹세를 표시한다. 왕은 왕비를 부축해 일으키고 머리를 왕비
　　　　목 위에 얹는다. 그러고는 꽃이 핀 둑에 눕는다. 왕비는 왕이 잠
　　　　든 것을 보고 자리를 떠난다. 이내 한 사나이가 나타나 왕의 머
　　　　리에 쓴 왕관을 벗기고서, 거기다 입을 맞추고는 왕의 귀에다

독약을 부어 넣고 퇴장한다. 왕비 돌아온다. 왕이 죽은 것을 보고 비탄해하는 동작. 독살자가 두세 명의 무언극 배우를 데리고 다시 들어와 왕비와 함께 비탄하는 시늉. 시체를 들어내간다. 독살자, 예물을 왕비 앞에 내놓고 사랑을 구한다. 왕비 처음에는 싫은 듯 거절하는 체하다가 결국 받아들인다.

왕과 왕비 퇴장.

오필리어 왕자님, 저게 뭐에요?

햄릿 살짝 몰래 고약한 짓이란 거지.

오필리어 아마도 오늘 밤 연극의 줄거리인 모양이죠.

서사 역 등장.

햄릿 저자의 말을 들어보면 알 테지. 배우란 비밀을 지키지 못해. 모조리 털어놓거든.

오필리어 아까 나온 무언극의 의미도 알려주겠군요.

햄릿 암, 알려주고말고. 아니, 뭣이든지 들춰내 보여주지. 저것봐, 다 설명해줄걸. 이쪽이 부끄러워하지만 않으면 저 녀석들은 예사로 다 드러내놓고 이야기해주지.

오필리어 아이, 망측스런 말씀도. 전 연극이나 보겠어요.

서사 역 저희 극단을 대표하여 정중히 인사드립니다.

이제부터 보여드릴 비극의 한 장면을

끝까지 보아주시기 바랍니다.

햄릿 이게 서사(序詞)야, 아니면 반지에 새겨놓은 글자 같군.

오필리어 정말 짧군요.

햄릿 여자의 사랑 같군.

왕과 왕비 역의 배우 두 사람 등장.

극중왕 사랑으로 한마음되어 혼인의 신 하이멘이

우리의 백년가약을 맺어준 날부터

해의 신 휘버스가 넵튠 신의 바닷길과

델러스 신의 대지를 돈 지 이미 삼십 성상(星霜)

거기서 빌려온 빛으로 달이 땅을 돌기

열두 번에 서른 곱절을 헤아렸소.

극중왕비 일월이 무심치 않아 두고 두고 해로하기

또 그만큼이 되기를 축수하나이다.

그러나 이 어인 일, 전하께서 근자에 병환이 잦으시어

평소의 건전한 모습 찾을 길이 없나이다.

그러나 이 말씀 염려된다 하여 언짢게는 생각 마옵시오.

원래 계집이란 사랑이 지나치면 근심 걱정도 많은 법이오니

언제나 한쪽으로 기울기 마련이오.

소첩의 사랑도 전하께서는 이미 지내보셔서 아실 터이나

사랑이 크니만큼 근심도 따라가는 것

정이 들면 들수록 바늘 끝만 한 염려도 걱정으로

대수롭지 않은 근심이 커지매 정 또한 깊어지나 봅니다.

극중왕 아니오. 얼마 남지 않은 여생,

비를 두고 가야 할까 두렵소.

심신이 쇠잔하여 길지 못할 이 생명, 이 몸이 죽더라도

그대는 남아 온 누리의 공경을 받아 여생을 누려주오.

그리고 요행 나에 못지않은 훌륭한 배필을 맞아 ―

극중 왕비 그 무슨 말씀이오.

열녀는 불경이부(不更二夫), 개가를 할 바에야

차라리 이 몸이 지옥에 떨어지기를 바라오이다.

첫 낭군을 죽인 계집이 아니고서야 어찌 개가를.

햄릿 쓰다, 써.

극중 왕비 계집이 다시 시집을 가다니 천한 욕심이지요,

어디 정이라 할 수 있겠나이까.

두 번째 낭군에 안겨서 입을 맞추다니

그것은 지아비를 두 번 죽이는 소치이옵니다.

극중왕 그대의 지금 진심, 어이 의심하리오.

연이나 믿지 못할손 인간의 결심

언제 배반할지 불측한 노릇이오.

뜻이란 필경 기억의 노예

태어날 때는 아무리 장해도 지탱할 기운이 약한 것이오.

설익은 과일처럼 지금은 나무에 달려 있지만

익으면 저절로 땅에 떨어지는 법.

스스로 내 마음에 짊어진 빚을 갚기를 잊기 쉬움도

또한 필연의 이치가 아니겠소.

격정에 휩쓸려 약정한 일은

그 마음이 식을 때 잊어버리기 마련이오.

희로애락이 강할수록 그 감정이 식으면

결심의 실행도 힘을 잃게 되는 것이오.

슬픔이건 즐거움이건 그 감정이 격해질수록

쉽사리 사그라지기 마련이오.

즐거움의 정이 강할 때는 곧 슬픔의 정도 강한 것이오.

사소한 일로 기쁨과 슬픔은 자리를 바꾸기 마련이고

인생은 무상이라

우리 깊은 정도 처지에 따라 바뀌는 법, 무엇이 이상타 하리오.

대체 사랑이 운명을 좌우하는지 운명이 사랑을 좌우하는지 누가 말할 수 있을까.

세도가 한번 몰락하면 총애를 받던 자들 산지사방하며

미천한 자도 영달을 얻음에 원수를 자기 사람으로

만들 수 있는 것이 세상의 이치

이렇듯 인정이란 처지에 따라 바뀌는 것이오.

부한 자는 친구의 걱정이 없지만

빈한한 자는 부실한 친구를 시험하다

오히려 원수로 삼고 마는 일이 있어.

요컨대 사람의 의도와 운명이란 상반하여 움직여

우리가 계획해도 항상 뒤집혀지기 마련이오.

내 마음은 내 것이로되 일이 되고 안 됨은

내 마음이 어찌할 수 없는 노릇

그러니 그대도 불경이부라 하지만

첫 남편을 여의고 나면 그 마음도 죽고 말 것이오.

극중 왕비 설사 이 대지가 음식을 주지 아니하고

하늘이 광명을 내리지 않고

낮의 즐거움, 밤의 휴식이 사라지는 한이 있더라도

어찌 그럴 수가 있겠나이까.

이 신뢰, 이 희망이 절망으로 변하고

옥에 갇혀 은둔자의 고초를 당하는 한이 있을지언정

기쁨의 빛을 빼앗는 모든 재앙이 제 소원을 망치고

미래 영겁의 괴로움이 저승까지 쫓아올지언정

한번 낭군을 여원 이 몸

어찌 다시 새 사람을 맞으리까.

햄릿 저 맹세, 설마 깨뜨릴라고!

극중왕 참으로 굳은 맹세요. 잠시 나를 버려두오. 이 몸이 고단하
니 지루한 하루 잠으로나 잊을까 하오.

(잠든다)

극중 왕비 깊은 잠에 드셔서 고단함을 잊으시오

우리 사이에 행여 재앙이 찾아오지 마옵기를!

(퇴장)

햄릿 어머님 마음에 드십니까. 이 연극이?

왕비 왕비의 맹세가 너무 수다스럽구나.

햄릿 하지만 맹세는 지킬걸요.

왕 연극 줄거리는 들었느냐? 온당치 못한 내용은 없겠지?

햄릿 아무렴요, 그저 장난입니다. 장난으로 독살을 하죠. 불온한 점은 절대 없습니다.

왕 제목은 뭐이지?

햄릿 〈쥐덫〉. 어째서냐고요? 비유죠. 비엔나에서 실제 있었던 살인 사건에서 얻어온 것인데 곤자고라는 게 영주의 이름, 그 부인은 뱁티스타, 곧 아실 겁니다만 아주 흉측스런 이야기죠. 하지만 무슨 상관이 있겠어요. 전하나 저희처럼 양심이 깨끗한 사람에겐 거리낄 것이 없거든요. 도둑이나 제 발이 저리지 이쪽 배가 아플 게 어디 있나요.

배우 루시아너스 등장.

이건 루시아너스라고 하는 왕의 조카죠.

오필리어 서사 역처럼 환하시네요.

햄릿 아무렴, 꼭두각시들이 대롱거리는 수작만 보아도 그대와

저놈은 정원에서 왕을 독살하는 거야, 왕위를 빼앗으려고.

이름은 곤자고, 실화지. 멋진 이탈리아 말로 씌어 있어.

이제 보면 알겠지만 저 살인자가 곤자고의 왕비를 자기 손에 넣게 되지.

− 3막 2장

그대가 좋아하는 사람 사이를 알아맞힐 수 있거든.

오필리어 아이, 너무하시네요, 왕자님도.

햄릿 너무하지 못하게 하려면 성난 그 녀석을 달래줘야지.

오필리어 할 소리 못할 소리 마구 하서.

햄릿 할 소리고 못할 소리고 여자들이야 그렇게 남편을 맞이했지 별 수 있나. 여, 살인자, 시작하라고. 그 염병할 놈의 상좀 그만 찡그리고 시작하란 말이야. 자, '원수를 갚으라는 까마귀 소리'.

루시아너스 마음은 시커멓고 손은 재빨리

약효는 틀림없고 때도 알맞아 다행이로다

아무도 보는 인간 하나 없구나.

한밤중에 캔 약초 뿌리

마녀 헤카테의 주문을 세 번 불러 말리고

세 번 독기를 쐬어 만든 이 독약

자, 무서운 마력으로써 이 온전한 목숨을 당장 앗아가다오.

(독약을 잠자는 왕의 귓속에 붓는다)

햄릿 저놈은 정원에서 왕을 독살하는 거야, 왕위를 빼앗으려고. 이름은 곤자고, 실화지. 멋진 이탈리아 말로 씌어 있어. 이제 보면 알겠지만 저 살인자가 곤자고의 왕비를 자기 손에 넣게 되지.

오필리어 전하께서 자리를 뜨시네요.

햄릿 응, 헛방에 넘어갔나?

왕비　아니, 어떻게 되셨어요?

폴로니어스　연극을 중지하라!

왕　불을 비춰라, 들어가겠다.

일동　햇불, 햇불을 들어라!

햄릿과 호레이쇼만 남고 모두 퇴장.

햄릿　화살 맞은 사슴은 울고 가라지

죄 없는 암놈이야 뛰어볼 테니.

밤새는 놈 잠자는 놈 따로 있구나

이래서 세상만사 여의치 않지.

어때, 이만하면 나도 극단 패에 한몫 끼어들 수 있겠지. 새

깃이나 잔뜩 달고 장미꽃 리본을 두어 개 꽃신 위에 얹고 다

니면 앞으로 내 팔자가 기구해져도 굶을 걱정은 없겠어.

호레이쇼　글쎄, 반 몫은 되겠군요.

햄릿　아니, 온 몫이지.

알지 못하겠어, 내 친구 대이몬이여,

이 나라는 주피터 임금을 빼앗기고서,

새로 들어선 놈,

그놈은 음탕 해괴한 ― 공작 왕.

호레이쇼　'놈'자로 운이나 밟으실 것이지.

햄릿　호레이쇼, 이제는 망령의 말, 만 냥을 주고라도 사겠다. 자

144

네도 익히 보았지?

호레이쇼 틀림없이 이 눈으로.

햄릿 독살의 장면에서 말이야.

호레이쇼 보고말고요.

로젠크랜스와 길덴스턴 등장.

햄릿 하, 하, 하, 자, 풍악이다. 피리를 가져와.

임금님이 희극이 싫으시다면

그러면 틀림없이 싫으신 게지.

그렇다면, 풍악을 울리자꾸나.

길덴스턴 왕자님, 죄송합니다만 한 말씀 여쭙고자 합니다.

햄릿 한 말씀 아니라 백 말씀도 좋아, 하게나.

길덴스턴 실은 전하께서 ─

햄릿 그래, 전하께서?

길덴스턴 내전에 드신 후 몹시 심기가 좋지 않으신 듯.

햄릿 과음하셨나?

길덴스턴 아니요, 화가 나신 모양.

햄릿 그렇다면 의원에게 알리는 게 상책 아닌가. 이 햄릿, 섣불리 손을 썼다간 도리어 화를 더칠걸.

길덴스턴 왕자님, 요긴한 말씀을 피하지 말고 좀 더 조리 있게 들어 주십시오.

햄릿　좋아, 공손히 듣지. 어서 말해봐.

길덴스턴　왕비께서 크게 걱정하셔서 저희를 이리 가보라고 해서 왔습니다.

햄릿　잘 왔네.

길덴스턴　왕자님, 그 인사 말씀은 이 자리에 온당치 못한 줄 압니다. 사리에 맞게 대답해주시면 어머님의 분부를 전해드리겠지만 그렇지 않다면 죄송하지만 이만 물러가겠습니다.

햄릿　그렇다면 할 수 없지.

로젠크랜스　무슨 말이죠?

햄릿　글쎄, 사리에 맞는 대답을 하라지만 내 머리가 돌아 있거든. 그저 내가 할 수 있는 대답이라면 해주지. 아니, 자네 말마따나 어머니 분부대로 해주어. 그러니 긴소리 말고 용건을 말해보게. 그래, 어머니께서 어쨌다고?

로젠크랜스　왕자님 거동이 당돌해서 너무 놀라셨다고요.

햄릿　어머니를 놀라게 했다니 정말 놀라운 자식이로군. 그렇게 놀라신 다음에는? 그 뒤는 어떻게 됐지?

로젠크랜스　주무시기 전에 내전에서 조용히 하실 말씀이 있다고요.

햄릿　알았어, 그렇게 하지. 지금의 어머니 열 곱절의 어머니가 되더라도 복종하겠다고 여쭙게. 또 무슨 용무가 있나?

로젠크랜스　왕자님께선 전에는 저를 사랑해주셨죠.

햄릿　지금도 그렇지. 버릇은 나쁘지만 이 양손에 맹세해서 말이야.

로젠크랜스 그렇다면 한 가지 여쭐 게 있습니다. 근래에 울적해하시는 원인은 무엇이지요? 편치 못한 심사를 친구에게도 숨기시니 분명 스스로 세상을 좁히려 드는 것이 아니겠습니까.

햄릿 실은 출세를 못해서 그러네.

로젠크랜스 원 별말씀도. 전하께서 손수 덴마크 왕위의 계승자로 왕자님을 책봉하시지 않았습니까.

햄릿 그야 그렇지. 하지만 '풀이 자라는 걸 기다리자니 말이 굶어 죽더라'는 속담도 있지 않나. 하긴 낡아서 어째 좀 퀴퀴한 속담이네만.

배우들 피리를 들고 등장.

아, 피리가 왔군. 어서 하나 다오. (길덴스턴을 한쪽 구석으로 이끈다) 저리로 잠깐만. 자네는 어쩌자고 나를 몰아세우려 들지? 나를 덫에 몰아넣을 작정인가.

길덴스턴 뜻밖의 말씀. 혹 지나친 일이 있었다면 그것은 왕자님을 섬기는 저의 도리에서 우러나온 것, 진정입니다.

햄릿 거 잘못 알아들을 소리 치우고 어디 이 피리나 좀 불어보게.

길덴스턴 제가 불 줄 알아야죠.

햄릿 제발 불어봐.

길덴스턴 정말 불 줄 모릅니다.

햄릿 이 사람 부탁이네.

길덴스턴 전혀 손도 댈 줄 모르는데 어떻게?

햄릿 뭐, 어렵지 않아. 거짓말하기 보단 쉽지. 이렇게 구멍을 손으로 막고 입으로 불기만 하면 돼. 근사한 가락이 나올 테니까. 이거 봐, 여기를 누르는 거야.

길덴스턴 그게 어디 잘 조절이 되나요. 전혀 솜씨가 없습니다.

햄릿 흥, 그럼 자넨 나를 뭘로 알고 있었나?

나 같은 것쯤 마음대로 피리 삼아 놀려볼 수 있다는 건가?

누를 구멍을 잘 알고 있다는 거지.

그래, 이 마음의 거문고 줄을 튕겨서 낮은 소리

높은 소리 할 것 없이 멋대로 울려보겠다는 거지.

이 조그만 악기, 이 속에도 현묘한 가락이 들어 있어.

이것도 불 줄 모른다면서

그래, 이 햄릿이 피리보다도 다루기 쉬운 것으로 알았나?

나를 악기 취급해도 상관없지만 아무리 튕겨봐

이 가슴에서 쉽게 소리가 오는가.

폴로니어스 등장.

어서 오오.

폴로니어스 왕비께서 곧 오시라는 분부입니다.

햄릿 저기 저 구름이 보이나? 낙타같이 생겼군.

폴로니어스 네, 갈 데 없는 낙타 모양인데요.

148

햄릿　아니, 족제비같이 보이는걸.

폴로니어스　등 언저리가 족제비 같네요.

햄릿　아니야, 고래야.

폴로니어스　네, 흡사 고랩니다.

햄릿　곧 간다 — 이것들이 사람을 정말 못 견디게 구는군 — 곧 가.

폴로니어스　말씀대로 사뢰겠습니다.

　　　폴로니어스 퇴장.

햄릿　곧 가 뵙겠다고 말하기야 쉽지. 자네들도 물러가게.

　　　햄릿만 남고 모두 퇴장.

　　　밤이 으슥하군. 마귀가 날뛰는 한밤중,

　　　무덤은 아가리를 벌리고 지옥은 독기를 내뿜는 시각.

　　　지금 같으면 할 수 있겠지. 뜨거운 생피를 빨면서

　　　낮이라면 눈을 가려 외면할 무시무시한 소행을 말이야.

　　　하지만 가만있자, 우선 어머니에게로 가봐야지.

　　　마음아 천륜의 정은 잊지 말도록 하자.

　　　내 영혼을 네로에게 팔아넘기지 않게 굳게 마음을 먹어야 해.

　　　가혹히 대하더라도 자식의 도리는 저버리지 말아야지.

　　　비록 비수처럼 어머니의 가슴을 찌르는 일이 있더라도

실제 쓰지는 말아야 돼.

마음과 혓바닥이 서로 배반자가 되어

말로는 아무리 책망을 하더라도

마음아 절대 그것을 실행으로 옮겨서는 안 돼.

햄릿 퇴장.

3장 궁중의 어느 방

왕, 로젠크랜스, 길덴스턴 등장.

왕 그 인간 꼴도 보기 싫다.

뿐인가, 실성한 인간을 이대로 내버려두었다간

무슨 위험이 닥칠지도 모를 일

그러니 왕자를 영국으로 보내야겠어.

친서를 작성할 테니 곧 동행토록 하시오.

광증에서 시시각각으로 다가오는 위험

그것을 그냥 내버려두고는 국정이 언제 해를 입을는지 염

려돼.

길덴스턴 곧 채비를 하겠습니다.

전하의 은덕에 삶을 이어가는 만백성의

안전을 보살피는 거룩하신 뜻을 헤아려

그저 황송할 따름입니다.

로젠크랜스 사사로운 개인도 일신의 안전을 위해

있는 힘과 꾀를 다해 스스로를 보호하거늘

하물며 온 백성의 안위가 달려 있는 옥체로서야

어찌 더하지 않을 수 있겠습니까.

지존의 불행은 한 몸에 그치는 것이 아니라

마치 소용돌이와 같아서

주위에 있는 모든 것을 끌어들이는 작용을 합니다.

비유컨대 높은 산봉우리에 장치된 거대한 수레바퀴

그 큰 바퀴살에는 수많은 잔 부속물이 끼어 있습니다.

그래서 만약 수레가 굴러떨어진다면

조그만 부속물들은 파멸을 면치 못할 것입니다.

임금님의 탄식은 곧 만백성의 신음 소리가 되지요.

왕 어서 채비를 차려 빨리 떠나도록 하시오.

이제까지 너무 방임해두었어

위태로운 것에는 지체 말고 족쇄를 채워놓아야겠다.

로젠크랜스, 길덴스턴 지체 없이 분부대로 거행하겠습니다.

두 사람 퇴장.

152

폴로니어스 등장.

폴로니어스 전하, 왕자님께서 방금 왕비님 내전으로 가셨습니다.

저는 방장 뒤에 숨어 자초지종을 살필까 합니다.

왕비께서는 단단히 꾸중하실 것으로 압니다만

전하께서도 말씀하셨듯이 아주 지당한 말입니다만

혈육의 정이야 속일 수 없는 것인즉,

일단 제삼자가 엿들어두는 것이 마땅할 줄로 압니다.

그럼 이만 물러갔다가

침전에 드시기 전에 다시 뵙고

결과를 말씀드리겠습니다.

왕 음, 수고하오.

폴로니어스 퇴장.

이 더러운 죄악, 그 악취가 하늘을 찌르는구나.

인류 최초의 저주, 형제를 죽인 죄

이제 어찌 기도를 드릴까 보냐.

지은 죄의 깊이를 생각하면 아무리 기도를 드리고 싶어도

그보다 더한 죄책감에 이 모진 마음은 꺾이고 마는구나.

마치 두 다리를 걸쳐놓은 사람처럼

어디서 시작해야 할지 망설이다 그만 일을 못하고 마는 심정.

혈육인 형의 피로 두껍게 굳어버린 이 저주받은 손을

백설같이 희게 씻어줄 단비가 하늘에서 내려주지는 않을까?

죄 지은 인간에게 내려주지 않을진데 무슨 단비란 말인가?

인간을 죄에서 미리 막거나

지은 후에도 용서해주는 공덕이 없다면

기도는 드려서 무엇하지?

그렇다, 나도 얼굴을 들고 소리쳐보자

내가 저지른 죄과는 이미 지나간 것이 아닌가.

아, 그러나 어떤 기도를 해야 좋지?

'무도한 살인죄를 용서해주옵소서?' 그건 안 될 말.

사람을 죽이고, 그럼으로 해서 손에 넣은 이득을

나는 아직도 간직하고 있어

왕관도 야심도 그리고 왕비도.

죄지어 얻은 이득은 놓지 않고 용서만 빈다? 그럴 수야.

이 부패한 말세에서는 죄로 더러워진 손이라도

금칠을 하면 정의를 밀어낼 수 있고

부정한 축재가 국법도 매수할 수 있다지만

하늘에서는 그렇게 안 돼. 속임수가 통할 리 없지.

어떤 죄악이든 본성을 드러내고

자기가 저지른 죄상은 일일이 증거를 실토해야만 돼.

그렇다면, 어찌하면 좋지? 무슨 방책이 없을까?

회개를 해보자. 옳지, 회개로써 안 될 일이 있으랴.

이 더러운 죄악, 그 악취가 하늘을 찌르는구나.
인류 최초의 저주, 형제를 죽인 죄
이제 어찌 기도를 드릴까 보냐.
‒ 3막 3장

하지만 회개할 수 없다면 어쩌지?

아, 비참한 신세로구나. 죽음같이 어두운 이 가슴!

덫에 걸린 내 영혼! 몸부림을 칠수록

더 옴짝달싹을 못하게 되는구나.

제발 천사님! ― 어디 해보자

이 딱딱한 무릎을 굽혀보자.

강철 같은 가슴아, 갓난아기 힘줄처럼 부드러워져다오

그러면 얼마나 좋으랴.

(무릎을 꿇는다)

햄릿 등장.

햄릿 옳지, 하려면 지금이다.

기도를 하는 동안 해치워버리자.

(칼을 뽑아 든다)

그러면 저자는 천당엘 가게 되고 나는 원수를 갚게 된다.

가만있자, 이건 생각해볼 일이로군.

아버지를 죽인 놈은 천하의 악당

그 악당을 오직 하나 남은 자식인 내가

보복으로 천당엘 보내준다.

그건 복수가 아니라 품삯 주고 시키는 짓이나 다를 바 없지.

아버님은 이승의 업보를 지닌 채

온갖 죄악이 봄꽃처럼 한창일 때

느닷없이 저놈의 손에 걸려버렸어.

하늘의 심판이 어떠할지 누가 알랴만

아무리 생각해도 가벼울 수는 없을 테지.

그런데 기도로써 영혼을 말끔하게 씻어

저승길 준비에 한창일 때 이놈을 죽여?

그게 무슨 복수람. 안 될 일이지.

이 칼은 다시 집에 넣고서 좀 더 끔찍스런 때를 기다리자.

취해서 곤드라질 때나 화를 내어 발광할 적일 때

잠자리에서 음란에 빠져 있거나

노름, 악담, 그 밖의 뭣이든 좋다

구원 없는 악행에 빠져 있을 때,

그때 저놈을 지체 없이 처리하리라.

그러면 발끝이 천당 길에 채여서 저놈의 영혼은

검게 물들어 시커먼 지옥으로 곤두박이칠 테지.

어머니가 기다리시겠다.

너의 그 기도는 필경 네 고통을 끌어갈 뿐인 줄 알아라.

햄릿 퇴장.

왕 (일어서며) 말은 하늘로 날아간다만

마음은 땅에 머물고 마는구나.

마음이 따르지 않는 말이 어찌 천당에 오를 수 있으랴.

왕 퇴장.

4장 왕비의 처소

왕비와 폴로니어스 등장.

폴로니어스 왕자께서 곧 오실 것입니다.

단단히 타일러주셔야 합니다.

장난도 분수가 있지, 전하께서 크게 역정을 내시는데

그 사이에 들어서 막는 데 이만저만이 아니었다고

단단히 말씀해주십시오.

저는 여기 몸을 숨기고 있겠습니다.

부디 따끔한 말씀을.

햄릿 (안에서) 어머님, 어머님.

왕비 염려 마시오. 내 걱정은 말고 어서 자리를 피하시오.

저기에 오는 소리가.

(폴로니어스, 방장 뒤에 숨는다)

햄릿 등장.

햄릿 　어머님, 무슨 일입니까?

왕비 　햄릿, 너는 아버님께 매우 불손했어.

햄릿 　어머니는 저의 아버님에게 매우 불손하셨소.

왕비 　그런 쓸데없는 입은 놀리지 않는 법이야.

햄릿 　그런 점잖지 못한 입은 놀리시는 게 아닙니다.

왕비 　넌 그게 무슨 말이냐?

햄릿 　아니, 무슨 말이라뇨?

왕비 　너는 제 어미도 몰라보는구나.

햄릿 　천만에요. 왕비시며, 남편의 동생의 아내입니다.

그리고 아니면 오죽 좋으리요만, 저의 어머니올시다.

왕비 　아니, 정 그런다면 누구 말해줄 수 있는 사람을 불러올 테야.

햄릿 　자, 앉으십시오, 꼼짝 말고 계세요.

그 마음속을 거울에 환히 비춰 보여드릴 테니

그때까지는 못 나가십니다.

왕비 　나를 어쩌자는 거냐? 나를 죽이려는 게로구나.

에그, 사람 살려라. 사람 살려!

폴로니어스 　(방장 뒤에서) 이크, 큰일 났군. 사람 살려라, 살려!

햄릿　(칼을 빼들고) 어, 이건 뭐야? 쥐새끼냐? 뒈져라. 이놈, 뒈져.

　　　(방장 속을 칼로 찌른다)

폴로니어스　(방장 뒤에서) 아이고, 사람 죽는구나.

　　　(쓰러져 죽는다)

왕비　에그, 이게 무슨 짓이냐?

햄릿　나도 몰라요, 왕이오?

왕비　이 무슨 경솔하고 잔인한 짓이냐?

햄릿　잔인한 짓? 그렇죠, 어머니,

　　　왕을 죽이고 그 동생과 사는 것은 덜 참혹하고 덜 잔인한

　　　짓인가요?

왕비　왕을 죽였다고?

햄릿　네, 틀림없죠.

　　　(방장을 제치고 폴로니어스의 시체를 발견한다)

　　　지지리도 못난 인간. 무엇이건 경망하게 참견하는

　　　어릿광대 같더니만 이제 영영 하직이로구나.

　　　난 네 상전인 줄 알았지. 이것도 네 팔자소관

　　　이젠 알았겠지, 쓸데없이 덤벼드는 게 얼마나 위태롭다는

　　　것을.

　　　그렇게 손만 쥐어짜지 마시고 진정해서 앉으십시오.

　　　제가 그 가슴을 쥐어짜드릴 테니까요.

　　　설마 당신은 도리가 통하지 않을 만큼

　　　무쇠 심장을 갖고 있진 않으실 테죠.

아무리 고약한 습성에 놋쇠 같은 때가 끼었기로서니.

왕비 대체 이 어미가 무슨 행동을 했길래

이렇게 함부로 입을 놀리는 거냐?

햄릿 말씀드리죠!

그윽하고 의젓한 여자의 염치, 그것을 짓밟고

정절을 오히려 위선으로 모는 행실,

천진무구한 사랑의 아리따움에서 장미꽃 그윽한 향기를

앗아가

그 자리에 보기에도 흉측스런 종기를 곪게 하는 행실,

백년해로 굳은 맹세를 노름꾼의 욕지거리처럼

거짓으로 만드는 소행,

부부간 맹세에서 알맹이를 빼버리고

신성한 예식을 한갓 말놀음으로 하는 소행,

하늘도 격분하여 낯을 붉히고

이 반석 같은 땅덩어리가 말세를 맞이한 듯

수심에 잠길 그런 행동이오.

왕비 아니, 무슨 행실이라고 이리도 고래고래 야단 벼락이냐.

햄릿 자, 보십시오, 이 그림과 그리고 이쪽 그림을.

두 형제 분의 초상화, 자, 보세요.

이 얼굴에 서린 기품을 보세요.

태양신 아폴로 못지않게 물결치는 머리칼, 이마는 주피터

같고

흡사 군신(軍神) 마르스가 삼군을 호령하는 날카로운 눈초리.

게다가 서 계신 저 늠름한 자태는

하늘에 우뚝 솟은 산마루에 갓 내려선

사신(使神) 머큐리 그대로가 아닙니까.

하늘의 여러 신이 인간의 극치를 다했다고 다짐하려들 이분

이분이 바로 당신의 남편이셨소.

그런데 이쪽, 자, 보세요.

다름 아닌 지금의 남편. 멀쩡한 볍씨를

깜부기처럼 이삭까지 말려 죽인 쓰레기 같은 인간.

대체 어머니는 눈이 있으시오?

아름다운 산 위의 목장일랑 버리고

이 더러운 늪에 내려와 흙탕물을 마시다니,

그래도 눈이 있으시오?

설마 하니 사랑이라는 말은 못하실 것.

그 연세에는 욕정의 불길도 숨 죽어 분별이 앞서야겠거늘

어찌하여 여기서 이리로 옮아가셨는지

그것은 무슨 분별이시오.

물론 감각은 가지셨겠지, 아니면 욕정이 일어날 리 없으니까

하지만 그 감각도 마비된 모양. 미치광이도 실수 못할 일

아무리 감각이 앞뒤 모르는 흥분 속에 빠져버렸기로서니

얼마간의 분간은 할 수 있을 것이 아닙니까.

이런 하늘과 땅의 차이를 분간도 못하시다니

대체 무슨 귀신한테 홀려 이렇게 눈뜬 장님이 되셨단 말이오?

만지지 못하거든 눈이 있거나

만지고 보이지 않아도 귀가 있다면

또 아무것도 없더라도 냄새를 맡는 코가 있다면

아니 병신이라도 좋으니 감각의 한 조각만이라도 남아 있

다면

이따위 망령은 부리지 못하실 거요.

대체 염치도 부끄러움도 없단 말씀인가.

에이, 고약한 것

그렇게 중년 부인 몸뚱어리 속에 파고들어

갖은 수작을 다할 수 있다면

피가 끓어오르는 젊은것들이야 더 말할 것도 없겠구나.

정절이고 뭐고 청춘의 불꽃 속에 밀초처럼 녹아나도 당연

하지.

서리 내린 나이에 그렇게 몸이 타오르고

이성이 간음의 뚜쟁이 노릇을 하는 판이니

욕정에 치밀렸대서 조금도 창피할 것이 없겠어.

왕비 아, 햄릿, 그만해다오.

네 말 마디마디에 이 가슴속이 훤히 들여다보이는구나.

아무리 씻어도 가셔지지 않는 시커먼 자국만 있으니.

햄릿 그렇죠. 차라리 저 이불 속

개기름이 흐르고 땀내가 시큼하고 음탕이 판을 치는 이불

속에서

추잡한 돼지 같은 놈과 희롱이나 하는 게 고작이지.

왕비 그만, 제발, 그만해다오.

네 말의 한마디 한마디가 비수처럼 이 가슴을 찌른다.

제발 좀 그만해줘.

햄릿 살인자, 악당.

전 남편에 비하면 백분의 일, 천분의 일만큼도 못한 놈

어릿광대 임금, 나라와 왕위를 앗아간 날치기

선반 위의 물건 훔치듯 거룩한 왕관을 쓱싹해서

제 호주머니 속에 슬쩍해버린 날도둑놈.

왕비 제발, 그만.

햄릿 거지발싸개 왕 같으니라고.

유령 등장.

오, 수호 천사시여, 이 몸을 보전해주소서!

어찌하여 이곳에까지?

왕비 아, 또 실성을.

햄릿 저를 꾸짖으러 오셨지요?

우유부단하게 시각만 지체, 막중한 명령을 집행 못하는

이 불초자식을 꾸짖으려고요?

그렇지 않습니까?

저를 꾸짖으러 오셨지요?
우유부단하게 시각만 지체, 막중한 명령을 집행 못하는
이 불초자식을 꾸짖으려고요?
— 3막 4장

유령 잊어서는 안 된다. 이렇게 찾아온 것은

너의 결심의 날이 무디어질까 봐 재촉하기 위함이니라.

하나, 보아라. 네 어미가 저렇게 놀라움에 떨고 있다

그 마음의 괴로움을 빨리 덜어주어라.

심약한 처지에는 같은 말도 크게 울리는 것이니

자, 말을 해주어라.

햄릿 어머니, 왜 이러세요?

왕비 아니, 너야말로 웬일이냐?

아무것도 없는데 허공을 노려보고 이야기를 하다니.

실성한 듯 두 눈을 부릅뜨고

마치 잠결에 놀라 일어난 병사처럼

그 고운 머리카락이 산짐승인 양 곤두서 있다

햄릿, 진정해라.

그 몰아치는 실성을 제발 가라앉혀다오.

아니, 어디를 그렇게 보고 있느냐?

햄릿 저것, 저것을 보세요.

저렇게 파리한 얼굴로 이쪽을! 저 모습

가슴에 사무친 원통한 사연을 들으면 목석도 울 것입니다.

— 그렇게 저를 보지 마세요.

그 애처로운 모습에 이 철석 같은 결심도 꺾이고 맙니다.

그러면 제가 맡아 해야 될 일의 참뜻을 잃고

피 대신 눈물을 흘리게 될까 걱정이 됩니다.

왕비 대체 누구를 보고 그런 말을?

햄릿 안 보이세요, 저기?

왕비 눈을 멀쩡하게 뜨고 있는데 무엇이 보인단 말이냐.

햄릿 들리는 것도 없고요?

왕비 우리 두 사람의 말소리밖에는.

햄릿 아, 저기를 보세요, 저기. 살며시 나갑니다

아버님 생존 시와 꼭 같은 차림으로

저기 나가세요. 지금 막 문으로.

유령 퇴장.

왕비 이게 모두 네 머리가 짜낸 환상이다.

있지도 않은 것을 용케 만들어내는 짓이

바로 실성한 증거가 아니냐.

햄릿 실성!

보세요, 이 맥박은 어머니만큼 멀쩡하고 건강하게 뛰고 있소

제가 한 말, 그것은 절대 미쳐서가 아닙니다.

시험해보세요, 한 마디도 틀리지 않게

고스란히 옮겨보일 터이니.

미치광이라면 틀림없이 실수할 것이 아니겠소?

어머님, 부탁입니다,

당신의 양심에다 속임수 고약을 발라

이 모든 것이 제가 실성한 탓이지 당신의 죄는 아니라고,

부디 그런 생각일랑 먹지도 마세요.

그런 고약을 가지고 헌 데에 바르면 겉으로는 아물는지

몰라요

하지만 안으로 곪아 들어가서 결국은 전신에 퍼지는 법

하나님께 회개해서 과거사는 뉘우치고 앞으로는 근신하

세요

잡초에 거름을 주어 더욱 무성케 해서는 안 됩니다.

잘난 체하는 이런 설교를 용서하세요.

하긴 요새같이 비계가 올라서 숨이 가쁜 세상에는

미덕이 악덕에게 사과 말씀을 올려야 할 판

잘해주자는데도 이쪽에서 눈치코치 다 봐야 하는 판이니

까요.

왕비 햄릿, 너는 내 가슴을 둘로 쪼개 놓아버렸구나.

햄릿 그럼 나쁜 쪽을 내버리시오

그리고 나머지 한쪽으로 좀 더 깨끗하게 살아주세요.

저는 물러갑니다

하지만 아저씨 이부자리에 들어가서는 안 돼요.

절개가 없거들랑 있는 체라도 해요.

버릇이란 괴물이 되어서 무슨 악습에도

우리 감각을 무디게 해주지만, 한편으론 천사 노릇도 합

니다.

착한 행실도 버릇이 되면

처음에는 어색한 듯해도 어느새 몸에 배게 마련이오.

오늘 밤 삼가시면 내일은 한결 참기 쉽고

그다음은 더욱 쉬워지는 법입니다

습관이란 사람의 천성을 바꾸어

마귀를 누르고 또 몰아내는 비상한 힘이 있으니까요.

그럼 안녕히 주무세요

하나님의 축수를 받고 싶으실 때 저도 어머니의 축수를

받지요.

이 늙은이는 가엾게 되었습니다

하나 이것도 하늘이 마련하신 뜻이오

이렇게 저를 벌주시고 저로 하여금

이 늙은이를 벌주신 것이에요

저는 그 뜻을 실행하는 채찍일 수밖에 없습니다.

시체는 제가 치우겠고 사람을 죽인 책임도 달게 받겠습니다.

그럼, 안녕히 계십시오.

제 말이 과한 것도 어머니를 위한 충정

이렇게 달갑지 않은 시작 뒤엔 더 나쁜 일이 남아 있습니다.

그리고 한마디만 더.

왕비 어떡하란 말이냐?

햄릿 방금 이야기한 것 따르지 않아도 좋아.

그 비곗덩어리 왕이 이끄는 대로 침실로 가보시오.

음탕하게 뺨을 꼬집고 '요 귀염둥이' 하거든 몸을 맡기구려.

그 텁텁한 입을 갖다 대고

징글맞은 손가락으로 목덜미를 간질거리거든

어디 죄다 털어내보시지.

그애가 미쳤다는 것은 새빨간 거짓, 미친 체하는 것이라고

그렇게 알려주는 게 좋을걸요.

어디 아름답고 현숙한 왕비가 아니고서야

그놈의 왕, 두꺼비 아범에 박쥐 서방에 수쾡이 같은 녀석

에게 이런 중대사를 숨기려 하겠소.

어림도 없는 노릇이지. 지각이고 비밀이고 없어

유명한 이야기가 있지 않소.

원숭이란 놈이 지붕 위에서 새장을 열고 새를 날려보내고

서는

자기도 한번 해본답시고

그 속에 기어들어가 날아보겠다고 뛰어내렸으니

목이 부러질 밖에는.

왕비 염려 말라.

말이 입김에서 나오고 입김이 목숨에서 생긴 것이라면

네 말을 누설할 입김도 목숨도 내겐 없는 줄 알아라.

햄릿 저는 영국에 가기로 되어 있어요. 아십니까?

왕비 참, 깜박 잊었다. 그렇게 결정되었다는구나.

햄릿 왕의 친서도 준비되었고 두 동창이 어명을 받았다나요.

이 대감님도 이제는 아주 조용해지셨군

비밀도 지키고 매우 진중해지셨어

생전에는 꽤 수다바가지더니만 자, 끝장을 내줄까.

— 3막 4장

말이 동창이지 독사같이 빈틈없는 녀석들

이것들이 길잡이가 되어 날 함정으로 몰아넣겠다는 수작

어디 한번 해보시라지.

제 손으로 묻은 지뢰에 걸려 중천으로 솟아 터지는 것도

대단한 구경거리가 될 테니까.

녀석들도 곧잘 솜씨를 부릴 테지만

저는 석 자 아래를 더 파서

놈들을 달나라로 날려보낼 겁니다.

원수끼리 외나무 다리에서 만난다는 격으로 맞부딪치면

이거 재미있겠는데요.

이 친구 덕택에 일이 급하게 되었는걸

송장은 옆방으로 끌고 가야겠다.

자, 물러갑니다.

이 대감님도 이제는 아주 조용해지셨군

비밀도 지키고 매우 진중해지셨어

생전에는 꽤 수다바가지더니만 자, 끝장을 내줄까.

안녕히 주무세요, 어머니.

햄릿, 폴로니어스의 시체를 끌고 나간다.

4막

1장 성안의 어느 방

왕, 로젠크랜스, 길덴스턴 등장.

왕 그 한숨과 장탄식에는 무슨 연유가 있을 것이오
곡절을 이야기해주어야지 나도 알아둘 것이 아니겠소.
자, 말해주시오. 햄릿은 어디 있지?

왕비 두 분은 잠시 물러나주시오.

로젠크랜스, 길덴스턴 퇴장.

어쩌면 좋아요 이런 끔찍한 일을 당하다니!

왕 아니, 무슨 일인데? 왕자가 어떻게 되었소?

왕비 파도와 바람이 서로 힘을 겨룰 때처럼 걷잡을 수 없는 실성

앞뒤도 분간 못할 발작이 도지면서

방장 뒤에서 인기척이 나자 칼을 뽑아 들고는

'쥐새끼다, 쥐새끼' 하면서 미치광이의 빗나간 판단으로,

숨어 있던 그 늙은이를 죽여버렸구려.

왕 원, 이런 변괴가 있나.

내가 그 자리에 있었으면 같은 변을 당할 뻔했군.

이렇게 내버려두다간 당신이나 나나

또 누구건 간에 화를 입을지 모를 일이오.

대체 이 참사를 뭐라고 변명한담.

세상 사람은 나를 책망할 것이 아니겠소

이 미치광이 젊은이를 경계해서

사람들에게 가까이 가지 못하도록 미리 손을 썼어야 하는데.

하지만 정리(情理)에 이끌려 적절한 조치까지는

미처 마음을 쓰지 못했구려.

마치 괴질에 걸린 환자처럼 세상에 드러날까 숨기려 들다가

도리어 자기 목숨까지 빼앗기고 마는 격이 되었어.

햄릿은 어디로 갔소?

왕비 제 손으로 죽인 시체를 치우러 나갔어요.

값어치 없는 천한 광석 속에 묻혀 있는 순금처럼

실성한 마음 한구석에 맑은 정신이 났던 모양이죠.

제가 한 짓에 후회의 눈물을 흘리고 있었습니다.

왕 여보, 거트루드, 안으로 갑시다.

날이 밝아 해가 동산에 솟는 대로

시각을 놓치지 말고 그를 바로 떠나보내야겠소.

이 불상사는 왕의 지위와 계책을 십분 이용하여

적당히 얼버무릴 수밖에 없구려.

여보게, 길덴스턴,

로젠크랜스와 길덴스턴 다시 등장.

자네들 둘이 가서 몇 사람 도움을 얻도록 해주게.

햄릿 왕자가 실성한 나머지 폴로니어스를 살해하고

시체를 내전에서 끌고 나간 듯하니

빨리 그를 찾아보아주도록 해.

잘 타일러서 시체를 성당에 안치해주도록

수고스럽지만 바삐 서둘러주게.

로젠크랜스와 길덴스턴 퇴장.

자, 거트루드, 곧 중신들을 불러들여

이 불시의 변을 알리고 내 의향도 전하도록 합시다.

세상의 험구란 포탄이 과녁을 향해 똑바로 맞히듯

온 세상을 한 바퀴 돌아 그 독 묻은 화살이 날아가지만

날이 밝아 해가 동산에 솟는 대로
시각을 놓치지 말고 그를 바로 떠나보내야겠소.
이 불상사는 왕의 지위와 계책을 십분 이용하여
적당히 얼버무릴 수밖에 없구려.

– 4막 1장

이렇게 미리 수를 써놓으면

우리 이름은 맞히지 못하고 허탕을 칠 것이오.

자, 갑시다. 이 마음은 갈피를 잡을 수 없이 불안하구려.

두 사람 퇴장.

2장 성안의 다른 방

햄릿 등장.

햄릿 자, 이만하면 잘 감췄지.

로젠크랜스, 길덴스턴 (안에서) 왕자님! 왕자님!

햄릿 쉿, 저 소리는? 누가 나를 부르나? 아, 오는군.

로젠크랜스와 길덴스턴 등장.

로젠크랜스 왕자님, 시체는 어떻게 하셨습니까?

햄릿 흙에다 섞어버렸어 친척이 되어버렸으니까.

로젠크랜스 어디다 두셨어요? 찾아다가 성당에 모셔야겠습니다.

자네들 비밀은 지켜주고 내 비밀은 털어놓으라고?
안 될 말이지. 게다가 말이야 이래 봬도 왕자님이거든.
해면 같은 친구들에게 질문을 받고 쉽게 대답할 것 같아?

− 4막 2장

햄릿　믿을 것 없네.

로젠크랜스　믿다니 뭐를 말씀이세요?

햄릿　자네들 비밀은 지켜주고 내 비밀은 털어놓으라고? 그건 안 될 말이지. 게다가 말이야 이래 봬도 왕자님이거든. 해면(海綿) 같은 친구들에게 질문을 받고 쉽게 대답할 것 같아?

로젠크랜스　해면 같은 인간이라고요?

햄릿　암, 그렇지 않고. 왕의 총애와 은혜와 권세를 빨아들이는 해면이지. 그런 벼슬아치가 왕에게는 제일 요긴하겠지. 원숭이가 밤을 입에 물고 있는 격이라. 한참 입안에 두었다가 나중에는 꿀꺽 삼켜버리거든. 자네들이 빨아들인 것을 필요할 때 꾹 짜기만 하면 돼. 그러면 해면인 자네들은 다시 빈털터리가 되고 마는 거지.

로젠크랜스　무슨 말씀인지 알아듣지 못하겠는데요.

햄릿　거, 반가운 말일세. 어리석은 귀에는 독설이 잠만 자고 있는가보지.

로젠크랜스　왕자님, 시체 있는 곳을 알려주시고 같이 전하 앞으로 가셔야겠습니다.

햄릿　시체는 왕한테 가 있지만 왕은 시체와 같이 있지 않아. 왕이란 건 말이야 —

길덴스턴　이란 건?

햄릿　시시한 물건이지. 자, 나를 왕 앞에 데려가달라. 꼭꼭 숨어

라. 자, 찾으러 오너라.

모두 퇴장.

3장 성안의 다른 방

왕, 신하를 거느리고 등장.

왕 왕자가 어디 있는지 알아보고 시체를 찾도록 사람을 시켰소.

이대로 방치해두었다간 위험천만한 노릇

그렇다고 엄하게 벌을 내릴 수도 없게 되어 있어

글쎄, 분별 없는 국민들 사이에서 인심을 사고 있다니까.

대체 민중이란 것은 이성으로 분간할 줄 모르고

그저 눈에 비친 대로 시비를 가려버리고 말아.

그러니 지은 죄는 생각 않고

받는 형벌만 동정하기 마련이거든.

만사를 원만히 처리하기 위해서는 지체 없이 떠나보내야

겠는데

그것도 신중히 고려한 나머지 취한 것처럼 해두어야겠어.

독한 병은 독한 약방문으로밖에는 고칠 도리가 없는 법.

로젠크랜스 등장.

그래, 어떻게 되었는고?

로젠크랜스 시체를 감춰둔 곳을 도무지 말하려 들지 않습니다.

왕 어디 있는가, 왕자는?

로젠크랜스 밖에 있습니다. 분부가 계실까 하고 감시를 붙여서.

왕 이리 불러들여.

로젠크랜스 길덴스턴, 왕자님을 안으로.

햄릿, 길덴스턴 등장.

왕 햄릿, 폴로니어스는 어디 있느냐?

햄릿 지금 식사 중이오.

왕 식사 중? 어디서?

햄릿 아니, 먹는 것이 아니라 먹히고 있는 중이오. 정치 구더기
들이 모여 한창 연회를 베풀고 있는 참인데 그 구더기란
놈 식탁에서는 으뜸가는 제왕이죠. 사람은 자기가 살찌자
고 뭇짐승을 살찌게 하지만 그 살찐 우리 몸뚱어리는 구

더기에게 갖다 바치는 셈이죠. 살찐 임금님이나 여윈 거
지나 그저 맛이 다를 뿐 같은 식탁에 오르기는 마찬가지,
요리만 다를 뿐이죠. 이것으로 끝이오.

왕　원, 이것 참!

햄릿　임금님을 뜯어 먹는 구더기로 생선을 낚고 그 미끼를 먹
은 생선을 또 잡수시니까요.

왕　그건 또 무슨 소리냐?

햄릿　별것 아니에요. 그저 임금님께서 거지 창자 속을 한 바퀴
행차하신다, 그거죠.

왕　폴로니어스는 어디 있느냐?

햄릿　천당에요 사람을 보내보시지. 거기서 못 찾으시거든 전하
가 친히 가보실 곳이 한 군데 있죠. 그래도 이달 안에 못 찾
아내거든 복도로 나가는 층계나 뒤져보십시오. 거기 냄새
가 날 테니.

왕　(시종에게) 그곳을 찾아보아라.

햄릿　서두를 것 없네. 도망칠 신세는 못 되니까.

시종들 퇴장.

왕　햄릿, 이번 일은 몹시 유감스럽다.
　　그리고 무엇보다 염려되는 것은 너의 처신
　　기왕 이렇게 된 바에야 급히 여기를 떠나는 것이 상책이니

188

한시도 지체할 수 없구나. 어서 떠날 채비를 해다오.

배편도 이미 마련되었고 때마침 순풍

영국으로 떠날 만반의 준비는 갖추어놓았다.

햄릿 영국에?

왕 그렇다.

햄릿 좋소.

왕 그래야지, 내 본의를 알아준다면.

햄릿 그 본의를 알아차린 천사가 눈에 훤합니다. 좋습니다. 영
국으로 가지요. 그럼 안녕히 계십시오, 어머니.

왕 아버지라고 해야 할 것 아니냐.

햄릿 어머니면 되죠. 아버지와 어머니는 내외분 사이. 내외라
면 일심동체 그러니까 어머님. 자, 영국으로!

햄릿 퇴장.

왕 어서 뒤를 따라라. 그리고 잘 달래서 바로 배에 태우도록.

지체 없이 오늘 밤엔 꼭 떠나보내야겠다. 어서!

이 일에 대한 나머지 절차는 모두 취해놓았으니

신신 부탁이다 어서 빨리.

로젠크랜스, 길덴스턴 퇴장.

한데 영국 왕, 나의 호의를
조금이라도 고맙게 생각한다면 —
덴마크의 칼자국이 스치고 간 자리
아직도 그대 얼굴에 생생하게 남아 있을 테니
내 실력은 단단히 알 것이다. 또 그래서 자청해온 충성이
아닌가 —
이 덴마크 왕의 엄명 소홀히 여기지는 못하겠지.
친서에도 명시해놓았지만 요는 햄릿을 즉각 없애달라는 것
영국 왕이여, 어김없이 거행하렷다.
그놈이 열병처럼 내 핏줄기 속에서 발악을 하고 있어
그걸 고쳐주는 것이 영국 왕, 그대의 소임이란 말이야.
이게 처리될 때까지는 제아무리 좋은 일이 생겨도
내 마음은 즐거울 수 없다.

왕 퇴장.

4장 덴마크의 평야

포틴브라스, 부대장, 군사들 행진하면서 등장.

포틴브라스 부대장, 내 대신 가서 덴마크 왕께 문안 여쭙고 오게.

지난번에 약조한 대로 포틴브라스가 영내를 통과하게 되

었으니 아무쪼록 허락을 바란다고.

만날 지점은 알고 있지?

왕께서 각별히 원하신다면 직접 뵙고 경의를 표해도 좋아.

그렇게 전해달라.

부대장 네, 알았습니다.

포틴브라스 진군. 서행이다.

포틴브라스, 군사들 퇴장.

햄릿, 로젠크랜스, 길덴스턴 기타 등장.

햄릿 여보, 저 군사들은?

부대장 노르웨이 군대올시다.

햄릿 무슨 까닭이지?

부대장 폴란드 일부 지역을 치기 위해서 가는 길입니다.

햄릿 지휘자는 누군고?

부대장 노르웨이 왕의 조카님 포틴브라스.

햄릿 폴란드 본토인가,

아니면 국경 근처인가?

부대장 솔직히 말씀드리자면

지금 치러 가는 것은 명분뿐

아무 이득도 없는 쥐꼬리만 한 땅덩어리죠.

5더커트를 낸대도 농사 질 값어치 없는 토지올시다.

노르웨이나 폴란드나 어느 쪽에서 처분한다 해도

그 이상의 값어치는 안 될걸요.

햄릿 그렇다면 폴란드 쪽에서도 그까짓 땅 가지고

막을 생각은 안 하겠구먼.

부대장 천만에요. 벌써 수비대를 배치해놓고 있습니다.

햄릿 2천의 인명 2만 더커트의 돈을 쓸어 넣고도

이 하찮은 문제의 해결은 안 될 테지. 이것이야말로
나라가 부하여 안일에 빠지면 생기기 마련인 일종의 종기
안에서 곪아 터져도 바깥에는 아무 증세가 나타나지 않는
법이니
목숨을 잃고 말 수밖에. 그럼, 고맙소.

부대장 실례합니다.

부대장 퇴장.

로젠크랜스 자, 가보실까요.
햄릿 곧 뒤를 따를 테니 먼저 가게나.

햄릿 남고 모두 퇴장.

듣고 보는 모든 것이 나를 책망하고
이 둔해진 복수심에 매질을 가하는구나.
평생에 먹고 자고 그 밖에 할 일이 없다면
인간이란 대체 무엇이지? 짐승과 다를 게 뭐냔 말이다.
조물주가 베풀어준 영특한 이성
앞뒤를 살펴보고 분별을 할 줄 아는 능력
설마 곰팡이 슬도록 내버려두라고 주신 것은 아닐 테지.
그것을 나는 짐승처럼 까먹고 만 것인가

아니면 소심한 자의 버릇

이것저것 사정을 보다가 움짝달싹 못하게 된 탓일까.

하긴 생각이란 따지고 보면 사분의 일이 지혜요

나머지 사분의 삼은 비겁함에 지나지 않아.

나도 모를 일, '이건 해야겠다'고 그저 말뿐이니

명분과 의지와 힘과 수단을 다 갖추고 있는데 말이다.

이 대지처럼 명명백백한 실례가 일일이 나에게 훈계를 주

는구나.

저 군사를 보아도 알 수 있지

수많은 병력, 막대한 비용, 더구나 인솔자는

가냘픈 귀공자라 하지 않는가.

고매한 야심에 가슴 부풀어

닥쳐올 미지의 것을 조금도 겁내지 않고

한번 죽으면 그만인 목숨을

스스로 운명과 죽음에 내던지고 있어

그것도 겨우 달걀 껍질만 한 것을 가지고서.

정말 위대한 행위란 훌륭한 명분 없이 경거망동하는 것이

아니라

대장부 사나이의 면목이 좌우된다면

지푸라기 한 오리를 위해서라도 싸우는 데 있어.

그런데 나는 이게 무슨 꼴이냐

아버지는 죽고 어머니는 더럽힘을 당하고

허망하고도 보잘것없는 명예를 찾는다고 2만의 대군이
마치 잠자리를 찾아가듯 죽음의 터로 가지 않는가.
- 4막 4장

이성으로나 감정으로나 참을 수 없는 처지인데도

여전히 잠꼬대만 하고 있으니 창피 막심한 노릇이지 뭐야.

허망하고도 보잘것없는 명예를 찾는다고 2만의 대군이

마치 잠자리를 찾아가듯 죽음의 터로 가지 않는가.

아니, 그 대군으로써는 자웅을 결할 수도 없는 촌토

전사자를 묻어줄 손바닥만 한 땅도 못 되는 곳이 아닌가.

아, 이제부턴 나도 마음을 잔인하게 먹어야겠다

그것도 못한다면 쓸개 빠진 인간, 무슨 소용이 있겠는가.

햄릿 퇴장.

5장 성안의 어느 방

왕비, 호레이쇼, 정신 한 사람 등장.

왕비 만나서 이야기 않겠소.

정신 기어이 뵙기를 간청하고 있습니다.

아주 실성을 한 듯 목불인견(目不忍見)의 꼴입니다.

왕비 어떻게 해달라는 것이오?

정신 자꾸 제 아버지 말만 하고 있습니다.

세상에는 수상쩍은 일도 많다고 하다가

에헴하고 기침 소리를 내고서는 제 가슴을 치는가 하면,

하찮은 일에도 역정을 내고서

알아 듣지 못할 말을 중얼중얼하기도 합니다.

말의 내용이야 별것 아닙니다만 그 되지도 않은 말에

듣는 사람은 오히려 애처로워 이런저런 추측들

저마다 제 생각에 그럴듯이 맞춰보곤 합니다.

눈짓 하나 고개 한번의 끄덕임 몸짓 하나를 가지고서도

똑똑히는 알 수 없으나 심한 불행이라도 있는 것처럼

옆에서들 이런저런 짐작을 하게 됩니다.

호레이쇼 일단 만나주시는 게 좋을 듯합니다.

엉뚱한 생각을 하기 좋아하는 자들에게

부질없는 억측의 씨라도 뿌리게 되면 난처할까 합니다.

왕비 그럼 불러들이시오.

호레이쇼 퇴장.

병든 내 마음, 죄지은 인간인 탓인가,

사소한 일 하나하나가 무슨 큰 재앙의 징조처럼 느껴진다.

죄지은 몸이라 겁이 많아선가

감추려고 할수록 더욱 드러나고 마는구나.

호레이쇼, 오필리어를 데리고 등장.

오필리어 덴마크의 아름다운 왕비님은 어디 계세요?

왕비 아니, 오필리어, 이게 웬일이냐?

오필리어 (노래한다)

어떻게 알아볼까

진정한 우리 님을.

죽장망혜 파립 쓰고

순례길에 나선 님을.

왕비 애, 오필리어. 그 노래는 무슨 뜻이냐?

오필리어 뭐라고요? 이걸 들어보실까요.

(노래한다)

그분은 떠났다오 저승길 머나먼 길

다시는 못 돌아올 머나먼 길.

머리를 두신 곳엔 푸른 잔디 푸르르고

발치에는 돌 하나 소리도 없네.

아, 아!

왕비 이봐, 오필리어 ─

오필리어 제발 가만히 들으세요.

(노래한다)

희디흰 수의 자락 백설과 같아 ─

왕 등장.

왕비 아, 저걸 보세요.

오필리어 (노래한다)

향초 방화 덮으시고

가시는 길 무덤길.

쏟아지는 눈물에 젖은 저승길.

왕　오필리어, 잘 있었느냐?

오필리어　고맙습니다. 올빼미도 본래는 빵집 딸이었다죠. 정말 오늘 일은 알아도 내일 일은 모르는 게 사람이에요. 덕택에 잘 먹겠습니다.

왕　죽은 아비 생각을 하고 있군.

오필리어　제발 그 이야기는 그만두세요. 하지만 까닭을 묻거든 이렇게 말해주세요.

（노래한다）

내일은 발렌타인 처녀 총각 명절 날.

꼭두새벽 일어나서 그대 방 들창 밑에

이 내 몸 바치리요, 발렌타인 그대에게.

그대는 일어나서 주섬주섬 옷 걸치고

문 열어 맞아들일 이 내 몸, 숫처녀 몸.

열리고 닫히는 문 다시 열려 나올 때는

숫처녀 이 내 몸은 어딜 가고 없어졌나.

왕　가엾기도 하군.

오필리어　내 참, 군소리도 많지. 끝을 내버려야겠어.

（노래한다）

아이고 망측해라 이 웬일인고

아무리 사내라도 너무하셔요.

자리에 쓰러뜨려 누일 때에는

백년가약하겠다고 맹세하더니

이제 와서 하는 말이 얄밉기도 해.

사내가 말하기를 —

하늘에 맹세코 그럴 작정했어

그러나 넌 내 잠자리에 오지 않았어.

왕　언제부터 저 모양인가?

오필리어　모든 게 잘되겠죠. 참는 것이 제일. 하지만 울지 않으려야 안 울 수 없는 걸요, 차디찬 땅속에 묻힌 그분을 생각하면. 오라버니 귀에도 그 말이 들어갈 테죠. 좋은 충고 감사합니다. 자, 마차를! 여러분, 안녕히, 안녕히, 안녕, 안녕.

오필리어 퇴장.

왕　곧 뒤따라가시오. 눈을 떼지 말고 잘 보살펴줘야 해.

호레이쇼 퇴장.

저건 너무 애통한 데서 생긴 병

이게 모두 제 아비의 죽음에서 온 것이오.

여보, 거트루드, 화불단행(禍不單行)이라 하지 않소

제 아비가 살해당하고 다음엔 햄릿이 떠나버렸으니 말이오.

하긴 햄릿이야 만사의 장본인이니까 자업자득 마땅한 일

이오만

나라 안 백성들이 폴로니어스의 죽음에 대해서는

억측이 구구하고 시비가 분분한 모양.

나도 너무 경솔한 짓을 했구려

쉬쉬해가면서 시체를 허겁지겁 매장해버렸으니.

허나 가엾게 된 것은 오필리어

실성하여 판단력을 잃고 말았으니

사람이란 말뿐이지 짐승과 다를 바 없게 됐어.

그리고 끝으로 이 일에 못지않게 중대한 일인즉

그 오라비가 프랑스에서 몰래 귀국했다는데

제 아비의 죽음에 대해서 의혹을 품고서인지

도무지 꼴도 나타나지 않는구려.

있는 말 없는 말을 주워 섬겨 그의 귓속에다

독을 부어 넣는 인간들이 어찌 없겠소.

아무런 증거 없이 이야기를 꾸며댈 판이니

귀에서 귀로 나를 비방하는 데 여념이 없을 것이오.

여보, 이렇고서야 난들 어찌 만신창이를 면할 수 있겠소.

안에서 요란한 소리.

왕비 아니, 저 소란은?

왕 여봐라! 경호병은 어디들 있느냐? 문을 지키게 해라.

정신 한 사람 등장.

대체 무슨 일이냐?

정신 빨리 자리를 피하십시오!

바닷물이 둑을 끊고 육지에 범람한들

이렇게 사태가 위급할 수 있겠습니까?

혈기에 날뛰는 레어티즈가 폭도들의 앞장을 서서

경호병을 밀쳐내고 있사옵니다.

폭도들은 그놈을 왕이라 부르고

방금 천지개벽이나 한 것처럼

옛일이며 관습은 모조리 다 잊고서 외치고 있습니다

'레어티즈를 왕으로 모시자' 하고요.

모자를 공중에 던지고 손뼉을 치면서

고래고래 소리를 지르고 있습니다.

'레어티즈를 왕으로! 레어티즈를 왕으로!' 하면서요.

왕비 배은망덕한 개 같은 무리들

냄새를 잘못 맡고 엉뚱한 곳에서 짖어대는군요.

왕 문을 부수는구나.

여봐라! 경호병은 어디들 있느냐?

문을 지키게 해라.

— 4막 5장

안에서 요란한 소리. 레어티즈 무장을 하고 등장. 군중, 뒤를
따른다.

레어티즈 왕은 어디 있냐? 자, 다들 바깥에서 기다려다오.

군중 우리도 들어갑시다.

레어티즈 제발, 이 일은 내게 맡겨달라.

군중 알았소.

(문밖으로 나간다)

레어티즈 고마워, 문을 지켜달라.

이 극악무도한 왕아 내 아버지를 내놔라.

왕비 레어티즈, 좀 진정해라.

레어티즈 내 속에 진정할 수 있는 피가 단 한 방울이라도 있다면

나는 내 아버지의 자식이 아니다.

아버지를 오쟁이 진 사람으로 만들고

어머니의 백설같이 순결한 이마에다

창부의 낙인을 찍는 인간이 되란 말이냐.

왕 아니, 어찌 된 일이냐, 레어티즈?

이렇게 소란스레 역적 모의를 하다니?

내버려두시오 거트루드. 내 신상은 염려 없소.

본시 일국의 왕이라면 하늘의 가호가 있기 마련

역적이 아무리 반역을 도모해도 그 뜻은 못 이루는 법이오.

자, 레어티즈 말해보아라. 뭣 때문에 그리 격분하느냐?

내버려두시오 거트루드.

자, 말하지 못하겠어?

레어티즈 내 아버지는 어디 있소?

왕 죽었다.

왕비 그러나 전하 탓은 아니오.

왕 실컷 물어보게 내버려두시오.

레어티즈 어떻게 돌아가셨느냐 말이오! 난 속아 넘어가지 않아.

충성, 제기랄! 신하의 맹세도 없어

양심이고 은총이고 모조리 지옥에 떨어져버리라고 해.

각오는 되어 있어. 이젠 이승도 저승도 없다

까짓것 될대로 되라지. 아버지 원수만은

기어이 갚고야 말 테니까.

왕 그걸 누가 막는댔냐?

레어티즈 천하가 말린대도 어림없어.

내가 곧이 듣기 전에는 힘은 모자라지만

무슨 수를 써서라도 기어이 해내고 말 테다.

왕 이봐, 레어티즈, 어버이 죽음의 진상을 알 양이면

그래서야 쓰겠나?

노름판 판돈을 몽땅 긁듯 친구고 원수고 분간 없이 마구

난도질

정작 원수가 그렇게 해서 갚아질 줄 아느냐?

레어티즈 상대는 원수뿐이오.

왕　　　　그 원수를 알고 싶은가?

레어티즈　내 편의 사람이라면 양팔을 벌리고

친구로 맞아들이겠소.

제 생피로 새끼를 기른다는 펠리컨 새처럼

내 피를 짜서라도 대접할 작정이오.

왕　　　　음, 그래야지. 기특하고 장부답구나.

자네 선친의 죽음에 대해 나는 전혀 무관할 뿐 아니라

애통한 마음이야 누구보다 못지않다.

이 엄연한 사실 햇빛이 눈을 쏘듯

조금만 분별이 있다면 곧 알게 될 것이야.

군중　　　(안에서) 들어가게 해, 들어가게.

레어티즈　아니, 이건 또 무슨 소동이야?

오필리어 등장.

아, 이 가슴의 불꽃아 뇌수를 태워 없애다오

눈물이 피가 되어 앞도 못 가리게 해버려다오.

네 광증의 원한 하나님께 맹세코

저울대가 기울도록 실컷 갚아주마.

아, 5월의 장미, 귀여운 처녀, 다정한 누이 오필리어!

이럴 수가 있느냐. 새파란 처녀의 넋이

늙은이 다 죽어가듯 이렇게 시들어버리다니.

사람의 정이란 사랑할 때 순수해지는 법

그러니 더할 나위 없이 소중한 것까지 내버려가면서

사랑하는 아버지의 뒤를 쫓아간단 말인가.

오필리어 (노래한다)

맨머리로 관에 얹혀 떠메어갔지.

헤이 논 노니 헤이 노니

무덤에는 억수 같은 눈물의 비가 —

안녕, 사랑하는 당신.

레어티즈 멀쩡한 정신으로 복수를 해달라기보다

실성한 그 모양이 더 내 가슴에 사무치는구나.

오필리어 자, 노래해야 돼요. 이렇게 '아다운 아다운 아다운 아' 하고

물레바퀴 장단에 잘도 맞네요. 나으리 댁 딸을 훔쳐간 게

바로 그 고얀 놈 청지기였대죠.

레어티즈 이 밑도 끝도 없는 말이 나에겐 더 뼈아픈걸.

오필리어 자, 이것은 만수향 나를 잊지 말아주세요. 네, 제발. 그리고

이것은 팬지 생각해달라는 꽃이에요.

레어티즈 실성한 가운데서도 훈계, 잊지 말고 생각해달라고.

오필리어 당신에겐 이 회향(茴香)꽃과 미나리아재비. 그리고 당신께

는 루타를 드릴게요. 저도 조금 가지고요. 안식일에는 '은

혜의 꽃'이라고도 한답니다. 하지만 이 화초를 달아도 저

와는 뜻이 조금 다르겠네요. 들국화도 있어요. 오랑캐꽃을

조금 드릴까요. 그런데 모두 시들어버렸어, 아버님 돌아가

맨머리로 관에 얹혀 떠메어갔지.
헤이 논 노니 헤이 노니
무덤에는 억수 같은 눈물의 비가 ―
안녕, 사랑하는 당신.
― 4막 5장

신 뒤에는. 참, 유감없이 돌아가셨다더군요.

(노래한다)

귀여운 파랑새는 내가 좋아해요.

레어티즈 근심 걱정 고민은 말할 것도 없고 지옥의 고초까지도

저 애에게는 저렇게 아름답고 귀여운 것이 되어버리는가.

오필리어 (노래한다)

다시는 오시지 못할 것인가?

다시는 오시지 못할 것인가?

영영 돌아가신 몸

어찌 돌아오리요 한번 가신 몸.

다시는 돌아오지 못할 것이오.

삼베 머리에 백설 같은 흰 수염

이제는 영영 가고 못 오실 사람.

탄식이 무슨 소용 도리 없구나

저승에서 부디부디 잘 계시옵소서.

그리고 여러분도 잘 계세요. 제발 안녕히.

오필리어 퇴장.

레어티즈 아, 원통해라!

왕 너의 그 슬픔 나도 함께 갖자꾸나.

거절할 까닭은 없겠지. 물러가서 누구든 좋다

네가 똑똑하다고 생각하는 친구를 불러

내 말과 네 말, 어디 시비를 가리도록 해보자.

그래서 만약 내가 이번 일에 직접이든 간접이든

털끝만큼이라도 혐의가 있다면

이 나라고 왕관이고 아니 이 목숨조차도 속 시원히 다 내

주마.

하나 만일 그렇지 않다면 마음을 진정하고 내 말을 들어

달라

네 원한을 푸는 데 십분 협조해주마.

레어티즈 좋습니다 그렇게 하지요.

선친께서 돌아가신 연유 게다가 몰래 치른 장례식

유해를 모실 위패도 검도 문장도 없고

격식을 갖춘 엄숙한 의식도 없었다고 하니

억울한 혼백의 곡성이 천지를 요동합니다.

그 진상 기어이 밝혀내고야 말 것입니다.

왕 아무렴 그래야지.

죄가 있는 데에는 응당 응징의 철퇴를 내려야 해.

자, 같이 안으로 들어가자.

모두 퇴장.

6장 성안의 다른 방

호레이쇼와 하인 등장.

호레이쇼 누구냐? 나를 만나고 싶다는 사람은?

하인 선원들입니다. 편지를 가지고 왔다고 합니다.

하인 퇴장.

호레이쇼 불러들여라.

햄릿 왕자님 말고야 이 세상 어디에서

내게 편지를 보낼 사람이 있을라고.

선원들 등장.

선원 1   문안드립니다.

호레이쇼   안녕하신가.

선원 1   고마우신 말씀이군요. 여기 편지를 한 장 가지고 왔는뎁
쇼. 영국 가시는 사절님께서 전갈을 받은 것입죠. 댁이 바
로 호레이쇼 양반, 그렇게 알고 왔습니다.

호레이쇼   (편지를 읽는다)

"호레이쇼 군. 이 편지를 보는 즉시 이것을 가지고 간 사람
이 왕을 만날 수 있도록 알선해주기 바라네. 우리는 출항
한 지 이틀도 못 돼서 대단한 무장을 갖춘 해적선의 추격
을 받았네. 우리 배가 속력이 느린 것을 알게 되어 도리 없
이 용기를 북돋워 싸웠으나 육박전 끝에 나는 적선으로
갈아타고 말았네. 그러자 우리 배는 해적선과 떨어져버리
고 나 혼자 포로가 되고 말았지. 하나 의적답게 그들은 나
를 대우해주었네. 이것도 다 그들이 생각이 있어서 한 짓
이라 앞으로 자기들에게 보답이 있을 것으로 기대하고 있
는 걸세. 내가 보낸 편지를 왕이 꼭 받도록 해주고 자네는
곧 내게로 달려와주도록. 자네에겐 할 말이 있어. 그것을
들으면 놀라서 말문이 막힐 걸세. 편지로는 도저히 말할
수 없는 중대한 사연이니 그리 알게. 이자들이 자네를 나
있는 곳으로 안내해줄 것일세. 로젠크랜스와 길덴스턴은

여기 편지를 한 장 가지고 왔는뎁쇼.

영국 가시는 사절님께서 전갈을 받은 것입죠.

댁이 바로 호레이쇼 양반, 그렇게 알고 왔습니다.

– 4막 6장

영국으로 직행하는 중이고 그 친구들에 관해서도 자네에
게 이야기할 것이 많이 있네. 잘 있게. 절친한 친구 햄릿"
자, 가져온 편지 전하께 전하도록 빨리 안내해줄 테니
곧 이 편지를 보낸 분한테 나를 데려다주게.

모두 퇴장.

7장 성안의 다른 방

왕과 레어티즈 등장.

왕 자, 이제는 내게 허물이 없음을

너도 진심으로 믿을 수 있겠지.

그러니 나를 네 편으로 알고 진심으로 대해달라.

너도 총명한 인간이니까 잘 알아들었겠지만

네 부친을 죽인 자가 바로 나의 생명까지 노리고 있다.

레어티즈 그 점은 잘 알 듯합니다.

그러나 그러한 중죄 왜 벌을 내리시지 않았습니까?

전하의 안전 지혜 그 밖에 어느 모로 보거나

이 흉악하고 가증한 행동을 방임해두실 수 없는 일 아닙니까?

왕 음, 거기에는 두 가지 특별한 이유가 있어.

네 생각에는 대단찮다 할는지 모르나

내게는 매우 중대한 이유야.

그의 생모인 왕비는 그가 없인 하루를 살지 못해

그런데 나로서는 옳고 그름이야 어쨌든

몸과 마음이 다 같이 왕비에 빠져 있어.

마치 저 하늘의 별이 그 궤도를 떠나서는

돌지 못하듯 왕비를 떠나서는 살 수 없구나.

또 한 가지, 내가 그를 드러내놓고 다스리지 못하는 연유는

다름 아니라 뭇 백성이 그를 지극히 따르고 있다는 점이다.

백성들은 그의 허물까지도 애정 속에 담아놓고

마치 나무를 돌로 화하게 하는 샘처럼

족쇄를 채워도 도리어 몸치장으로 보게 되는 형편이야.

그러니 내가 쏜 화살 거센 세상 바람에 못 이겨

자칫 내게로 돌아올 염려가 없지 않단 말이다.

레어티즈 그래서 저는 인자하신 아버님을 잃고

누이마저 실성케 만들었군요.

새삼스레 칭찬해봐야 돌이킬 수 없지만

누이의 인품이야 어느 시대 누구에게도 뒤질 수 있겠어요.

나무랄 데 없는 여자였지요. 이 원수 기어이 갚고야 말겠

어요.

왕　하나 그렇다고 잠 못 이루는 것은 못써.

　　나 역시 발등에 불 붙은 것도 모른 채

　　구경만 하는 바보 천치는 아니야.

　　자세한 이야기는 차차 하겠지만 나도 네 부친을 사랑했다.

　　그러나 일국의 왕, 내 몸도 아껴야 하지 않겠느냐

　　이쯤 말해두면 네게도 짐작이 갈 테지.

　　사령 등장.

　　웬일이냐?

사령　햄릿 왕자님에게서 온 편지올시다.

　　이것은 전하께, 그리고 이 편지는 왕비 전하께.

왕　뭣, 햄릿에게서? 누가 가져왔느냐?

사령　선원이라 하옵는데 저는 보지 못하였습니다.

　　클로디오가 받은 것을 제가 갖고 왔습니다.

왕　레어티즈, 읽을 테니 들어봐다오.

　　너는 물러가거라.

　　사령 퇴장.

　　"지존하신 전하께 아뢰옵니다. 저는 알몸으로 왕토에 상륙했

　　는데 내일 뵈올까 합니다. 그때에 제가 불시 귀국한 기이한

218

사연을 삼가 아뢸까 합니다. 햄릿 올림”

대체 이게 어찌 된 영문인가? 일행도 같이 온단 말인가?

아니면 무슨 협잡 날조인가?

레어티즈 필적은 아시겠습니까?

왕 분명 햄릿의 글씨. ‘알몸’이라고.

그리고 추신(追伸)하여 ‘혼자서’라고 했어.

무슨 영문인지 짐작 가는 일은 없나.

레어티즈 통 짐작을 할 수 없는데요. 하지만 오라죠.

이젠 도리어 가슴의 응어리가 풀립니다.

맞대놓고 ‘이놈, 네가 한 짓이지’ 하고

따질 수 있게 되었으니까요.

왕 돌아온다고? 레어티즈 ─

이게 사실이라면, 하긴 아닐 수가 있을까? ─

내 부탁이 하나 있다. 들어주겠나?

레어티즈 말씀하세요.

설마 원수를 풀어달라는 말씀은 아니겠죠.

왕 아니, 네 원하는 대로 하라는 것이다.

저놈이 돌아와 항해를 그만두고 다시 떠날 생각이 없다면

내 미리부터 가슴에 품어온 계략이 있어, 그것을 권해보겠다.

거기 걸리는 날에는 스스로 파는 무덤

움짝달싹도 못하게 될 것이다.

게다가 그렇게 죽게 되면 시비할 자도 없겠지.

제 모친조차 알아채지 못해

뜻하지 않은 변으로만 생각할 것이야.

레어티즈 알았습니다. 전하 분부에 따르죠.

그 계략이 뭣인지 거기 따라

제가 손발이 될 수 있다면 더욱 기쁘겠습니다.

왕 잘됐다.

실은 네가 여행을 떠난 뒤 네게 출중한 솜씨가 있다 하여

소문이 자자했더구나, 햄릿 귀에도 들어왔지.

해서 네 다른 재주를 다 합친 것보다도

햄릿은 그 한 가지를 시기하고 있어.

하긴 네 재주 가운데서 내가 보기에 그리 대단한 것으로

나는 생각지 않는다만.

레어티즈 무슨 솜씨를 두고 말씀하시는지요?

왕 그저 젊은이 모자에 달려 있는 리본 같은 것이지만

없어서는 안 되지. 말하자면 의젓한 늙은이에게는

수달피 외투가 역시 그 품위나 관록에 어울리듯이

젊은이에겐 경쾌하고 아무렇게나 입는 복장이 몸에 맞는

법이야.

실은 두 달 전에 어떤 노르망디 신사가 이곳을 찾아왔다 —

나도 프랑스 사람을 많이 보았고 또 그들과 싸우기도 했지만

그들은 마술에 능하더구나.

이 신사는 마술의 귀재, 몸이 안장에서 자라 돋쳐났다고

220

나 할까

실로 신기에 가까운 명인,

사람과 말이 일체가 되어 분간을 못할 지경이었다.

그 묘기는 실제 이 눈으로 보기 전에는 상상조차 못할 정
도였지.

레어티즈 노르망디 사람이라고요?

왕 그렇다.

레어티즈 틀림없이 라모드.

왕 바로 그 사람이야.

레어티즈 저도 잘 아는 사이

프랑스 전국의 보배라 할 명인입니다.

왕 그 사람이 네 솜씨를 솔직히 인정하고 매우 칭찬하기를

검술에는 일류, 특히 세검 쓰는 데는 천하명수

너의 상대가 될 만한 인물이 있다면

아주 볼 만한 시합거리라고 하더구나.

그리고 자기 나라 검객으로서는

너와 맞서면 몸놀림이고 방어고 눈 가는 데고

무엇 하나 제대로 되는 상대가 없다고 단언하더라.

그 말을 듣고서 햄릿이 어찌나 샘이 났던지

네가 빨리 귀국하여 한번 서로 맞서보겠다고,

그것만을 늘 소원하고 있었다. 그래서 말이야 —

레어티즈 그래서요?

왕 레어티즈, 너는 네 부친을 진정으로 위하고 있느냐?

아니면 그 애통 겉으로만 나타낼 뿐

마음에는 없는 거냐?

레어티즈 새삼스레 왜 그런 말씀을?

왕 물론 네가 부친을 사랑하지 않는다고 말하려는 것은 아니다.

허나 사랑에도 때가 있는 것

내 경험으로 미루어보아

애정의 불꽃도 때에 따라 좌우되는 법이다.

사랑의 불꽃 속에는 일종의 심지 같은 게 있어

그것이 불길을 약하게 하기도 한다.

세상사란 한결같이 좋게만 계속되는 일은 없어

아무리 좋은 일도 도가 차면

도리어 그 지나침으로 해서 사그라지고 만다.

그러니 하고자 하는 일은 마음 먹었을 때 해치워야 해.

대체 하겠다는 마음 자체가 믿을 수 없는 것이다.

세상에는 구설도 많고 말리는 손에 막히는 사건이 하나

둘이냐

그래서 마음도 약해지고 지체되기가 쉬운 법이야.

그렇게 되면 '해야 한다'는 생각도 피 말리게 하는 탄식과

같아서

마음의 위안은 되겠지만 몸을 해치고 말 뿐이다.

어쨌든 문제의 요점인즉 햄릿이 돌아오게 돼.

대체 너는 어떻게 할 셈이냐?

자식된 도리 말로만 내세울 게 아니라

실지 행동으로 나타내야 할 게 아니냐?

레어티즈 그놈의 목을 잘라버리겠소, 성당 안에서라도.

왕 그야 성당 안에 피신한들 그런 살인죄를 모면할 도리는 없지

복수에 장소의 제한이 있어서야 되겠나.

허나 레어티즈 내 말을 들어. 우선 집 안에 꾹 박혀 있는 거다.

햄릿이 돌아오면 네 귀국을 알리고

모두 네 솜씨를 칭찬케 해주마

그 프랑스인의 칭찬에 한술 더 떠서 소문나게 하지.

그렇게 해서 너희 두 사람의 내기 걸기 시합으로

승부를 가리게 할 터이다.

햄릿이란 위인 매사에 무관심하고 성미가 너그러워

술책이란 전혀 몰라. 그러니 시합에 쓰는 칼에도

다짐하는 일이 없을 것이다.

그래서 어렵지 않게, 아니면 슬쩍 손을 써서라도

끝이 뾰족한 칼을 잡아 멋있게 한번 찔러

사무친 원한을 한 칼로 갚는 것이다.

레어티즈 하지요. 기왕이면 칼 끝에 독도 묻히겠습니다.

실은 어느 약장수한테서 손에 넣은 독약이 있소

그 독약을 칠한 칼 끝은 스치기만 해도 목숨이 없어진답니다.

달밤에 채취한 제아무리 신기한 선약이라도

목숨을 구해낼 도리는 없죠.

이 맹독을 발라 그의 살가죽을 스치기가 무섭게

놈의 목숨을 앗아가게 할 것이오.

왕 그 점은 좀 더 생각해보자꾸나.

가부간 일을 시행하는 데 적절한 시기와 방법을 숙고해야

겠어.

서투르게 하다 모처럼의 계책이 드러날 바에는

손을 대지 않은 것만 못하니까.

그러니 하다가 엉뚱한 사고를 내는 경우에 대비해

다음 계책을 짜놓아야겠다.

가만있자. 그렇지, 내기는 내기

두 사람의 솜씨에 대해서는 어디까지나 공정하게 다루기

로 하고.

옳지, 그래야겠군

서로들 싸우자면 몹시 목이 마를 것이다

그렇게 되도록 심하게 움직여주어야겠어.

그러면 놈은 물을 청할 테지

그때 미리 마련해둔 물잔을 내주거든.

요행히 네 독검을 면한다 해도 그 잔을 한 모금만 마시면

우리는 소원성취하는 것이다.

왕비 등장.

아니 웬일이오?

왕비 불행이 자꾸 꼬리를 물고 오는구려.

네어티즈, 네 누이가 물에 빠져 죽었구나.

레어티즈 뭐, 물에 빠져요? 어디서?

왕비 개울가 비스듬히 누운 버드나무 가지

흰 잎새가 거울 같은 물 위에 비치고 있지.

오필리어는 그 자리에다 미나리아재비 쐐기풀 들국화

그리고 자란(紫蘭)

버릇없는 목동들은 상스러운 이름으로 부르지만

얌전한 아가씨들은 죽은 사람의 손가락이라고 부르는 그

자란

그런 것들로 엮은 꽃다발을 걸려고 올라가던 참인데

얄궂게도 가지가 꺾어지는 바람에

누이는 꽃다발과 함께 흐느껴 우는 시냇물 속에

빠지고 말았단다.

퍼진 옷자락이 물 위에 두둥실 인어인 양 떠 있는데

옛 노랫가락이 구절구절 들려오더라고

다가오는 불행도 아랑곳없이 말이다.

흡사 물에서 자라 물에 사는 것 같다더란다.

이윽고 물이 배어 무거워진 옷자락이

가엾기도 해라

아름다운 목청과 함께 물 밑 진흙 속으로 끌려들어가

그만 죽고 말았단다.

레어티즈 아, 그래서 물에 빠져 죽었군요?

왕비 그래, 그만 물에 빠져서, 물에 빠져서.

레어티즈 불쌍한 누이. 이젠 물에 진절머리가 나겠지.

오냐, 눈물은 쏟지 않으마.

하지만 도리 없군 인정인 걸 어찌하랴.

남이야 뭐라고든 말하려무나 이 눈물 다 지칠 땐

여자같이 나약한 마음도 물러가겠지.

전하, 이만 물러가겠습니다.

불길같이 타오르는 이 마음 어찌 말로 다하겠습니까마는

어리석은 눈물이 앞을 가립니다.

레어티즈 퇴장.

왕 뒤를 쫓아갑시다.

저것의 격분을 진정시키느라 무진 애를 썼지만

언제 다시 뛰쳐나올지 모르는 성미

자, 뒤를 따라갑시다.

모두 퇴장.

5막

1장 묘지

광대 역 두 사람(무덤 파기꾼과 또 한 사람) 등장.

광대 1 제멋대로 저승길을 찾아간 여자를 격식대로 장사 지내도
되나.

광대 2 되지. 그러니 어서 파기나 해. 검시하는 나리가 조사해보
고 묻어도 좋다고 했디야.

광대 1 그게 어떻게 되누?
정당방위로 물속에 풍덩한 것도 아닌데.

광대 2 글쎄, 그렇게 됐단 말이여.

광대 1 '정당 폭행'이 아닌데 어찌 되누? 이 사람 좀 들어보게나.
가령 내가 풍덩한다치면 이건 행위라는 것이어. 한데 그

행위에는, 알겠나, 세 가지 종류가 있단 말일세. 행한다, 한다, 수행한다 — 연고로 해서 이 여자는 일부러 풍덩했단 말일세.

광대 2 아니, 내 말 좀 들어보게.

광대 1 거, 입 좀 다물어. 여기 물이 있다, 알아듣겠나? 여기 이 인간이 이쪽 물 있는 데까지 가서 풍덩해버린다. 그러면 좋으나마나 제가 간 것이란 말일세. 안 그려? 그렇지 않고 설랑 만약 물이 말일세, 이 사람 있는 데까지 가서 이 사람을 풍덩하게 했다면, 알겠나, 그건 풍덩이 아니란 말이여 — 연고로 해서 제 손에 죽음을 범하지 않은 자는 제 목숨을 살인한 것이 아니란 말일세.

광대 2 그게 법률이란 거여?

광대 1 암, 그렇고말고. 검시법이란 거지.

광대 2 내 사실대로 알려줄까 부다. 이 여자가 양반집 딸이 아니라면 점잖게 장사 지내다니 어림도 없는 거여.

광대 1 허, 제법인데 그런 걸 다 알다니. 유감스런 노릇이지 뭐여 양반네는 상놈보다 목을 매거나 물에 빠지는데도 덕을 보게 되어 있으니까. 그 삽을 주게. 양반 양반 하지만 조상을 찾아보면 다 정원사, 도랑 치기, 무덤 파기꾼뿐일세. 다 아담의 직업을 물려받았으니까.

광대 2 그 아담도 양반이었나?

광대 1 그럼, 이 세상에서 으뜸가는 연장 어르신이지.

여기 이 인간이 이쪽 물 있는 데까지 가서 풍덩해버린다.

그러면 좋으나마나 제가 간 것이란 말일세.

안 그려? 그렇지 않고설랑 만약 물이 말일세,

이 사람 있는 데까지 가서 이 사람을 풍덩하게 했다면,

알겠나, 그건 풍덩이 아니란 말이여

– 5막 1장

광대2 연장이 어디 있나.

광대1 자네는 예수쟁이가 아닌가? 성경도 못 봤어? 성경에 가라사대, '아담, 땅을 파다'. 그런데 연장 없이 어떻게 파지? 한 가지만 더 물어봄세. 똑바로 대답 못하겠거든 항복하라고 —

광대2 재수 없다.

광대1 석수나 목수보다 더 튼튼한 걸 만드는 게 누구여?

광대2 교수대 만드는 인간, 천 명이 갖다 써도 끄떡이나 하나.

광대1 허허, 제법인걸. 교수대란 근사혀. 한데 어떻게 근사하지? 나쁜 짓 하는 놈들을 근사하게 처치하니까. 하지만 교수대가 성당보다 튼튼하다니 자네는 못써 — 연고로 해서 자네는 교수대 덕을 근사하게 봐야 할는지 몰라. 자, 다시 해보게나.

광대2 석수나 목수보다 더 튼튼하게 만드는 게 누구냐고?

광대1 그래, 알아내봐. 알아내고 한숨 돌리게.

광대2 됐어. 알았네.

광대1 뭐여?

광대2 제길, 모르겠는데.

햄릿, 호레이쇼 등장.

광대1 없는 머리에 짜낼 게 있나. 그런 메주 대가리 백날 두들겨

봐도 소용이 없다니까. 다음에 그렇게 묻거든 '무덤 파기꾼'이라고 대답하게나. 이놈이 파놓은 집은 최후 심판의 날까지 튼튼하단 말일세. 자, 욘네 집에 가서 약주 한 되만 받아오게.

광대 2 퇴장.

광대 1 (무덤을 파면서 노래한다)

에헤야 데헤야 이팔이나 청춘

여보소, 이런 재미 또 어디 있소?

어정쩡 보낸 세월, 에이! 야속해라.

햄릿 이 친구는 제가 하는 일이 조금도 머리에 없나 보지. 저렇게 무덤을 파면서도 흥 가락이 나오니.

호레이쇼 늘 하다 보면 아무렇지도 않게 되나 보지요.

햄릿 과연 그래. 쓰지 않는 손일수록 탈나기 쉬우니까.

광대 1 (노래한다)

에헤, 백발이 슬그머니 이래 올 줄 알았나.

억세게 잡힌 손에 쯧, 모진 팔자 당했구나.

이 꼴이 될 줄이야, 에라! 야속해.

(해골을 던져 올린다)

햄릿 저 해골 속에도 한때는 혀가 박혀 있어 노래를 불렀을 테지. 살인의 원조인 카인은 형을 죽이는 데 나귀의 턱뼈를 썼다지만, 그 턱뼈나 되는 것처럼 마구 땅바닥에 내동댕이치는군. 지금은 저렇게 바보 같은 녀석에게 섭섭한 대접을 받고 있지만 아마 어느 정치꾼의 대가리였는지도 모르지. 살아선 귀신도 곡했을 책사였는지 누가 아나.

호레이쇼 그럴 법도 하군요.

햄릿 아니면 어떤 벼슬아치의 것인지도 몰라. '나리, 밤새 안녕하시오이까. 요즘은 편안하시옵니까' 하고 아첨을 떨었을 거야. 곧잘 있는 일이지. 아무개 나리께서 아무개 나리의 말이 탐이 나니까 그 말을 치켜 올린, 그 아무개 나리의 것이었을지도 모르지.

호레이쇼 아무렴요.

햄릿 아, 틀림없지. 그게 이제 와서는 구더기 마나님 신세를 지게 되고 턱뼈는 없어진 채 무덤 파기꾼 삽으로 대가리를 얻어맞고 있어. 생각해보면 참 덧없는 운명이지. 저래도 자랄 때는 무척 공이 들었을 터인데 이젠 겨우 애들의 던지기 노리갯감밖에 안 되고 말았어. 이걸 생각하면 뼛골이 아플 지경이야.

광대 1 (노래한다)

에헤, 곡괭이에 삽 한 자루, 삽 한 자루.

데헤, 수의 한 장도 들어 들어,

에헤라, 움집까지 파놓았구나.

데헤라, 이런 손님 에이 좋구나.

(해골을 또 하나 던져 올린다)

햄릿 또 나왔군. 어디 이번엔 변호사의 해골일 법도 한데. 그 능숙한 궤변이며 구변은 어디로 갔지? 그리고 사건이니 소유권이니 계략이니 하는 것은? 이제 와서는 무지막지한 녀석에게 더러운 삽으로 저렇게 골통을 얻어맞고도 가만있나? 폭행죄로 고소하겠다고 왜 말을 못하지? 흠, 이 친구 생전엔 실컷 사들인 놈일지도 모르지. 차압 증서, 금전 차용 증서, 소유자 명의 변경, 이중 증인, 토지 양도 소송 — 이런 따위로 말이야. 그런데 그 변경이니 양도니 하고 야단스레 변경된 결과란 이 근사한 대가리 속에 근사하게 진흙이 들어차 있는 것뿐이 아닌가. 그리고 그 증인이란 게 이제 겨우 보증할 수 있는 것은 계약서 두 통밖에 없지 않은가? 그것도 이중으로 써서 말이야. 대체 이 골통을 가지고서는 토지 양도 증서 하나만도 들어갈지 말이야. 하긴 땅을 손에 넣은 장본인이 이젠 이 골통밖에 남은 것이 없으니.

호레이쇼 정말 아무것도 없죠.

햄릿 증서란 양 가죽으로 만들지?

호레이쇼 네, 송아지 가죽으로도 만듭니다.

햄릿 하긴 그따위 물건을 하늘같이 믿는 녀석이니 양이나 송아지 따위지. 어디 이 녀석에게 말이나 걸어볼까. 이건 누구의 무덤이냐?

광대 1 제 무덤입죠.

(노래한다)

에헤라, 움집까지 파놓았구나.

데헤라, 이런 손님 에이 좋구나.

햄릿 과연 네 것에 틀림없구나. 지금 그 안에 들어 있으니.

광대 1 바깥에 있으니 댁의 것은 아니죠. 하지만요 저로 말씀하자면 거짓말은 절대 누워서 떡 먹기는 아니지만 역시 이것은 제 것입죠.

햄릿 그건 거짓말이다. 누워서 떡 먹기가 아니라면서 어째 그 속에 누워 있단 말이냐? 거기 누울 사람은 죽은 사람이지 어디 산 사람이냐. 그러니까 너는 거짓말이 누워서 떡 먹기로구나.

광대 1 정말 산 거짓말이구려. 자, 댁의 차례올습니다.

햄릿 파고 있는 그것은 어느 사내 무덤이냐?

광대 1 사내 것이 아니오.

햄릿 그럼, 여자 것이냐?

광대 1 그것도 아니오.

햄릿 그럼, 누구를 묻는 것이냐?

광대 1 살아서는 여자였지만 가엾게도 지금은 죽은 사람입죠.

햄릿 끔찍이도 까다로운 녀석이로군. 정신차려야겠어. 얼버무리려다간 본전도 찾지 못하겠는데. 아닌 게 아니라 이삼년 동안 눈여겨보아 왔지만 어떻게나 까다로운 세상이 되었는지 농사꾼의 발가락이 대감님 뒤꿈치를 따라와 튼살

을 벗겨놓는 형편이 됐어. 넌 무덤 파기를 해온 지 얼마나
되느냐?

광대 1 곰곰 생각해본즉 바로 선대 햄릿왕께서 포틴브라스를 쳐
부수던 그날부터 올습니다.

햄릿 그게 몇 해 전이더라?

광대 1 아따, 그것도 모르슈? 바보 천치보다 못하군. 바로 왕자님
이 세상에 태어나신 날 아니오. 미쳐서 영국으로 쫓겨난
그 햄릿 왕자님 말이외다.

햄릿 그렇던가. 그래 영국으론 왜 쫓겨났다지?

광대 1 그야 미쳤으니까 보냈지. 거기 가면 본정신이 돌아올 거요.
하긴 안 돌아와도 거기서는 상관없다더군.

햄릿 왜?

광대 1 거기선 눈에 띄지 않아. 다 미친 인간들이라니까.

햄릿 왕자는 왜 미치게 됐나?

광대 1 그게 이상 얄궂다는뎁쇼.

햄릿 어떻게 이상한가?

광대 1 글쎄, 정신이 돌았으니까 그렇습죠.

햄릿 어디가 어떻게?

광대 1 어디라고? 여기 덴마크입죠. 이놈은 어려서부터 삼십 년
동안이나 이곳에서 무덤 파기 노릇을 해왔는뎁쇼.

햄릿 시체는 얼마나 지나면 썩지? 무덤 속에서.

광대 1 글쎄올시다. 생전에 벌써 썩어서 오는 인간도 있고 또 요

샌 매독인지 뭔지 그걸로 죽는 게 많아서요. 이건 묻고 자시고도 없습죠만 대개는 한 팔구 년 좋이 견딥죠. 무두장이 같으면 구 년은 튼튼합니다.

햄릿 왜 하필 무두장이냐?

광대 1 장사 덕분에 살가죽이 무두질이 되어서 꽤 오래 물을 튀겨냅니다. 물이란 게 그놈의 송장 썩히는 데는 지독한 힘이 있습죠. 이키, 또 하나 나왔군. 이 해골이 땅속에 있은 지 스물 하고도 세 해로군요.

햄릿 누구 것이냐?

광대 1 세상의 빌어먹을 미친 녀석 것이외다. 누구 것인 줄 아슈?

햄릿 어떻게 알아.

광대 1 이 염병할 놈의 자식! 글쎄, 이 녀석이 내 대가리에다 포도주를 부었습죠. 이게 바로 저 임금님의 어릿광대 요릭이라우.

햄릿 그게?

광대 1 암, 틀림없죠.

햄릿 어디 보자. (해골을 받아든다) 요릭이라고, 가엾게도. 이 친구는 나도 잘 아네, 호레이쇼, 기막힌 재담꾼이었지. 무궁무진이었다네. 곧잘 나를 업어주곤 했지. 이 꼴이 되고 보니 생각만 해도 소름이 끼칠 지경이로군. 구역질이 나. 원래 여기에 입술이 달려 있었겠지. 그놈에다 내가 얼마나 입을 맞췄는지 몰라. 이봐, 요릭. 그 익살 그 광대춤 그 노래 그 신나는 재치들은 다 어디 갔나? 좌중을 무던히도 웃겨주더니만. 이렇게 이를 드러내고 있는 꼬락서니를 어디 네 스스로 한번 비웃어보지? 턱이 빠져서 이젠 두 손 들었단 말이냐? 자, 그 면상으로 마님 내실에 달려가 화장을 아무리 두껍게 하셔도 필경 이 꼴이오 하고 웃겨보란 말이야. 여보게 호레이쇼, 하나 물어볼 게 있네.

호레이쇼 뭐 말씀이오?

햄릿 알렉산더 대왕도 땅속에서는 이런 꼴로 있었을까?

호레이쇼 그야 물론이죠.

햄릿 이렇게 냄새도? 에 튀!

(해골을 땅바닥에 놓는다)

호레이쇼 아무렴요.

햄릿 사람이 죽어 한 줌 흙이 되고 나면 무슨 천대를 받을지 몰라. 알렉산더의 거룩한 한 줌 흙의 종적을 밟아가면 말이야, 지금쯤 술통 마개가 되어 있을는지도 몰라.

호레이쇼 그렇게까지야. 좀 상상이 지나치시는군요.

햄릿 아니야. 조금도 지나칠 것이 없지. 야단스럽게 생각하지 않고서도 뒤를 밟으면 그렇게 돼. 알렉산더는 죽어 묻힌다. 묻히면 티끌로 화하지. 티끌은 흙이야. 그 흙에서 진흙을 만들어. 그러면 결국 알렉산더 대왕이 화하여 된 진흙으로 맥주통 마개가 됨 직도 하지 않느냐 말일세.

대왕 시저도 죽어 흙이 되면

바람막이 구멍 땜이 되고

이렇게 이를 드러내고 있는 꼬락서니를 어디 네 스스로 한번 비웃어보지?

턱이 빠져서 이젠 두 손 들었단 말이냐?

자, 그 면상으로 마님 내실에 달려가 화장을 아무리 두껍게 하셔도

필경 이 꼴이오 하고 웃겨보란 말이야.

― 5막 1장

천하를 호령하던 저 흙덩이 변하여

벽 땜이 설한풍을 막도다.

쉿 가만있어. 자리를 피하세. 저기 왕의 일행이 왕비와 같

이 오는군, 신하들도.

장례식 행렬. 오필리어의 관을 따라 사제, 왕, 왕비, 레어티즈,

신하들 일동 등장.

대체 이건 누구의 장례식인가?

더구나 약식. 필시 자포자기하여 스스로 끊은 목숨

지체는 나쁘지 않은 모양이로군.

잠시 숨어서 엿볼까?

(햄릿, 호레이쇼와 같이 한쪽에 숨는다)

레어티즈 예식은 이밖에 없소?

햄릿 저건 레어티즈, 훌륭한 청년이지. 보게나.

레어티즈 정말 이뿐이오?

사제 교회의 법으로서는 예의를 다하였소이다.

사인이 심상치 않아

어명이 관례를 굽혔기 망정이지

그렇지 않았던들 교회 묘지는 어림도 없는 일

정갈치 못한 땅에 묻혀 최후 심판의 날까지 버려둘 것이오.

그리고 자비를 베푼 기도 대신에

사금파리 부싯돌 조약돌 등을 던지기 마련이오.

그럼에도 이번만은 처녀 장례의 격식을 따라

화환을 두르고 꽃을 뿌리고 조종까지 울려서

각별한 대접을 한 것이오.

레어티즈 이 이상은 아무래도 안 된다는 말이로군?

사제 그렇소. 마음 편히 숨을 거둔 사람처럼

미사를 드리고 명복을 빌어서는

오히려 장례의 예법을 모독하는 짓이오.

레어티즈 그럼 좋다, 묻어라.

아름답고 깨끗한 그 몸에서 오랑캐꽃이나 피어나다오.

이 야박스런 사제야, 네가 지옥에 떨어져 아우성을 치고
있을 때

내 누이는 천사가 되어 있을 줄 알아라.

햄릿 뭣이? 오필리어!

왕비 (꽃을 뿌리면서) 아름다운 처녀에게는 아름다운 꽃을!

잘 가거라.

햄릿과 백년해로하기를 기다리고 있었는데

너의 화촉동방을 꾸미려 하던 꽃이

이렇게 네 무덤에 뿌려질 줄이야.

레어티즈 그 저주받을 인간, 그놈의 대가리 위에

이 수십 수백 배의 재앙이 쏟아져라.

대체 이건 누구의 장례식인가?

더구나 약식. 필시 자포자기하여 스스로 끊은 목숨

지체는 나쁘지 않은 모양이로군.

잠시 숨어서 엿볼까?

— 5막 1장

그 흉악한 놈이 네 말짱한 정신을 앗아갔구나.

잠깐, 그 흙 끼얹지 마라.

다시 한번 이 손에 안아보련다.

(무덤 속에 뛰어든다)

자, 산 사람 할 것 없이 모두 흙으로 덮어라.

덮어서 평지가 산이 되어 옛날의 펠리언 산도,

저 하늘을 찌를 올림포스의 멧부리도 못 당하게 쌓아올려

다오.

햄릿 (나서면서) 누구냐, 그렇게 법석을 떨며 애통해하는 자는?

거창스런 비분강개, 하늘을 떠도는 별조차도 놀라 자빠지

겠구나.

나다, 덴마크 왕 햄릿이다.

레어티즈 (햄릿을 움켜잡는다)

이런 육시를 할 놈!

햄릿 그런 욕설은 치워. 이 손을 놔라.

내 성미 성급하거나 난폭하지는 않다만

다급하면 만만치 않아. 조심하는 게 좋다.

손을 놓아라.

왕 저 두 사람을 말려라.

왕비 햄릿, 햄릿!

일동 제발, 두 분들.

호레이쇼 왕자님, 진정하시오.

햄릿 아니야, 내 이 일만은

이 두 눈이 시퍼런 동안은 가만있을 수 없다.

왕비 햄릿, 무슨 일 말이냐?

햄릿 오필리어를 사랑한 이 마음

수천 수만의 오라비 사랑을 다 끌어모아봐라

감히 따라올 것 같아?

오필리어를 위해 대체 뭘 하겠다는 거냐.

왕 거 정신 나간 사람이다, 레어티즈.

왕비 제발 내버려두오.

햄릿 뭘 하겠어? 자, 말해보란 말이야.

울 테야? 싸울 테야? 단식? 옷을 찢어?

눈물을 자아내게 식초를 마실 테냐?

헛눈물을 흘리게 악어를 잡아먹을 테냐?

그까짓 것쯤 다 나도 할 수 있다.

훌쩍거리려고 여기 왔어?

누이동생 무덤 속에 뛰어들어 나를 무색케 하려는 건가?

함께 생매장을 당하겠다고? 좋다, 나도 하겠다.

그 꼭대기가 황도(黃道)까지 솟아올라 열에 타오르고

옷사의 고봉(高峯)도 사마귀로밖에 안 보일 정도로 해보

아라.

네가 큰소리 친다고 거기 못 따라갈 나인 줄 아느냐.

왕비 정말 실성했어요. 심하면 한참 저러다가도

암비둘기 금빛 병아리를 깔 때처럼

곧 조용하고 얌전해질 거예요.

햄릿 여봐, 레어티즈, 왜 나를 못마땅하게 굴어.

나는 너를 늘 아껴왔다.

아니, 그 얘긴 그만두자.

천하대장군 헤라클레스께서 실컷 뽐내보라지

고양이나 개는 여전히 울고 짖을걸.

햄릿 퇴장.

왕 호레이쇼, 뒤를 돌보아다오.

호레이쇼 퇴장.

(레어티즈에게) 간밤의 이야기 잊지 않았겠지? 잠시 참아다오.

일을 곧 단행하자. 여보, 거트루드

저 애를 단단히 단속해야겠소.

이 무덤에는 묘비를 세워줘야겠구나

머지않아 무사태평한 날이 올 것이다

그때까지는 매사를 참고 진행해야겠어.

모두 퇴장.

2장 성안의 홀

햄릿과 호레이쇼 등장.

햄릿   그 이야기는 이만큼 해두고 또 이야기가 있네.

그때 사정은 자네도 기억하지.

호레이쇼   기억하다뿐입니까.

햄릿   가슴속에 번민이 있어서 밤에 잠도 이루지 못할 정도였네.

선장을 모반하여 발목을 족쇄로 결박당한 선원의 처지도

그보다는 나을 거야. 무모한 얘기지

하긴 무모함도 이런 경우에는 쓸 만해.

때에 따라서는 무분별이 도리어 도움이 되거든

심사숙고한 계획도 수포로 돌아가는 수가 있는 법이니까.

이런 것을 보면 손질이야 사람이 대충 해놓겠지만

다듬어서 마지막 손을 보는 것은

결국 하느님이라는 것을 깨닫게 돼.

호레이쇼 그렇고말고요.

햄릿 글쎄, 느닷없이 선실에서 뛰어나와

선원 옷을 걸쳐 입고는

어둠 속을 더듬더듬 살피다가 가까스로 그것을 찾아냈지.

그 친서 꾸러미를 훔쳐들고 살그머니 내 방으로 돌아왔어.

내 한 몸의 불안을 생각하니 앞뒤를 가릴 틈이 있나

대담하게 그 친서를 뜯어봤지.

아, 그랬더니 호레이쇼 ― 어처구니없는 왕의 흉계! ―

덴마크의 안위니 영국의 안전이니 하면서

그럴싸한 사연을 잔뜩 늘어놓고서는

이 햄릿을 살려두면 위험천만하니

친서를 보는 대로 도끼를 가는 여유도 두지 말고

당장에 내 목을 잘라버리라는

엄명이 아니겠는가.

호레이쇼 원, 천하에!

햄릿 이것이 바로 그 친서, 두었다가 천천히 보게나.

그 뒷일이 어떻게 되었는지 들려줄까?

호레이쇼 어디 들려주십시오.

햄릿 이렇게 해서 악당들은 그물에 영락없이 걸려들었네.

이쪽은 막을 열 준비도 제대로 못하고 있는 형편인데

녀석들은 벌써 연극을 시작한 셈이지.

그래서 우선 앉아서 친서를 한 장 위조했네

필적도 그럴싸하게 말이야. 전에는 이 나라 정객들처럼

글씨 쓰는 솜씨를 천시해서

기왕에 배운 것까지 잊으려고 애쓴 적이 있었네만

이번에 그것이 단단히 도움이 된 셈이지.

내용을 알고 싶은가?

호레이쇼 아무렴요.

햄릿 덴마크 왕으로부터의 간곡한 청탁 형식이지.

영국으로 말하자면 원래가 충실한 우리 속국이라느니

양국 간의 우의는 종려나무처럼 돈독하기를 원한다느니

평화의 여신은 항상 밀 이삭 화관을 쓰고

양국 친선의 가교가 되느니 등의

그럴싸한 "연고로" 하는 조로 문구를 늘어놓은 다음,

이 친서를 읽고 내용을 알게 되는 즉시 일각을 지체 말고

지참자 두 명을 사형에 처하되

참회의 여유도 주지 말 것이라고 했네.

호레이쇼 봉인은 어떻게?

햄릿 그것도 천우신조라고 할까

마침 선왕 전하의 옥새를 주머니 속에 간직하고 있었어.

그게 바로 덴마크 왕의 옥새를 복제해놓은 것이야.

그래, 편지를 먼저대로 접어 서명을 하고 옥새를 누르고

그러고는 감쪽같이 제자리에 갖다놓았지

아무도 눈치채지 못하게 말이야.

그런데 그 이튿날이 바로 해적과의 싸움 날이었으니까

그 훗일은 자네도 잘 알고 있는 대로지.

호레이쇼 그럼 길덴스턴과 로젠크랜스 두 사람은?

햄릿 그야 하는 수 없지. 자청해서 한 짓이니까

나로서는 조금도 양심의 거리낌을 느끼지 않아.

자승자박 아첨꾼의 말로란 말일세.

힘센 상대들끼리 칼을 맞대고 불을 뿜는 판국에

되지 못한 아랫것들이 뛰어든다는 게 도시 잘못이야.

호레이쇼 참 지독한 왕도 있군요.

햄릿 이렇게 된 바엔, 생각해봐, 내게도 해야 할 책임이 생겨.

선왕을 시역하고 어머니를 농락한 놈, 왕위까지 가로채서

내 길을 막아버리고 이 목숨마저 낚아채려고 간계를 쓴

놈 —

그런 놈은 이 손으로 처치해버리는 것이

오히려 내 양심상 떳떳한 노릇 아니겠어.

내버려두었다가 이 세상에 해독을 끼치게 하는 것이

오히려 죄악이 아니냔 말이네.

호레이쇼 영국 왕에게선 곧 이 일건의 전말을 보고해올 텐데요.

햄릿 곧 올 테지. 그러나 그동안의 시간은 나한테 있어

사람의 목숨 없어지려면 하나를 셀 여유도 없는 법이야.

호레이쇼, 레어티즈에게는 이만저만 미안하지 않게 생각해

흥분한 나머지 내가 지나쳤어.

내 신세로 미뤄보아 그의 심정을 왜 이해하지 못하겠나

사과를 해야겠어.

너무 야단스레 애통해하는 바람에

그만 화가 치밀어 올랐지.

호레이쇼 가만, 누가 옵니다.

오즈릭 등장.

오즈릭 왕자님, 귀국을 삼가 축하합니다.

햄릿 황송한 말씀 — 이 쇠파리를 아나?

호레이쇼 모르겠는데요.

햄릿 거 다행일세. 저따위를 아는 것으로도 죄악이니까. 이 친구는 땅을 많이 갖고 있다네. 옥답이지. 요즘엔 개뼈다귀 같은 놈도 마소만 많이 갖고 있으면 구유를 임금님 잔칫상 옆에 갖다놓을 수 있어. 수다밖에는 떨 것이 없는 녀석이지만 땅은 많다니까.

오즈릭 죄송한 말씀이오나 시간이 나신다면 국왕 전하의 분부를 전해드려도 좋을는지요?

햄릿 아, 듣고말고. 여부가 있겠나. 그 모자는 제자리에다 모시

게. 그건 머리에 쓰는 물건 아닌가.

오즈릭 죄송합니다. 하도 더워서요.

햄릿 천만에. 대단히 추워. 북풍이 분다니까.

오즈릭 아닌 게 아니라 꽤 춥군요.

햄릿 하지만 몹시 무더운데 내 체질 탓인가.

오즈릭 과연 몹시 무덥군요. 글쎄올시다 이거 뭐라고 말씀드려야 할지요 ─ 왕자님, 국왕 전하의 전갈이온데 전하께선 이번에 왕자님께 굉장한 내기를 거셨답니다. 그 내용인즉 ─

햄릿 (모자를 쓰라고 손짓하면서) 거 제발 좀.

오즈릭 죄송합니다. 제게는 이것이 편합니다. 실은 이번에 레어티즈가 귀국했는데 아주 흠잡을 데 없는 신사가 되었지요. 출중한 미덕을 두루 갖추고 수작도 그만, 풍채도 빠진 데가 없다고 할 것입니다. 적절히 말해서 그분이야말로 신사도의 지침 또한 모범이라 할 것이요 신사가 지닐 미덕의 명세는 두루 다 들어 있는 것으로 압니다.

햄릿 그렇게 청산유수로 늘어놓는다고 레어티즈의 장점이 손상 볼 것은 없겠군. 하지만 너무 자세하게 늘어놓아 수판알 아닌 기억력 가지고는 현기증이 나겠어. 머리에 아무리 돛을 달아도 뒤를 쫓기 힘들겠는데그래. 하지만 사실대로 칭송해서 그는 희귀한 인품이라 그 귀하고도 드문 자질로 말하자면 솔직히 말해서 세상에 그와 비길 인물, 오직 거울에 비치는 그의 그림자밖에는 없을 것이겠지.

그를 따를 자 감히 그의 그림자 이외에 누가 있겠나.

오즈릭   왕자님의 말씀 지당합니다.

햄릿   그래, 이야기의 취지는 뭔가? 괜히 서투른 말투로 이 점잖은 신사를 똥칠할 것은 없지.

오즈릭   네?

호레이쇼   달리 말씀을 못하시겠소? 알기 쉽게 하란 말이오.

햄릿   그 신사 말씀을 왜 끄집어냈느냐 말이야?

오즈릭   레어티즈 말씀이옵니까?

호레이쇼   (햄릿에게) 호주머니가 벌써 빈털터리가 된 모양이죠. 그 번들번들한 말이 동이 났구먼.

햄릿   (오즈릭에게) 그 레어티즈 말이오.

오즈릭   왕자님께서도 이미 잘 아시리라 믿사옵니다만 ─

햄릿   그래, 믿어주어서 다행이오. 하긴 그래, 믿어준댔자 크게 내 명예가 될 것도 아니지만. 그래서?

오즈릭   그분의 출중한 점에 대해 모르시지 않으리라 ─

햄릿   그건 난 말 못해. 그 사람과 우열을 겨뤄보기는 싫으니까. 남을 알자면 나부터 알아야 할 것이 아닌가.

오즈릭   아니, 제가 말씀드리는 것은 그분의 무예올시다. 세상 평판으로는 칼을 쓰는 데는 천하무적이라 하옵니다.

햄릿   칼은 뭘 쓰는데?

오즈릭   세장검(細長劍)과 단검이라 하옵니다.

햄릿   두 가지 칼을 쓴다. 그래서?

오즈릭   전하께서는 바바리 말 여섯 필을 거시고, 거기에 대해 레
       어티즈는 프랑스제 장·단검 각 여섯 자루 혁대 칼고리 등
       부속품 일체를 걸겠다고 나섰습니다. 그중에서도 괘색(掛
       索) 세 개는 알뜰하게 취미를 살려 칼자루와도 곧잘 어울
       리고 오밀조밀하게 매우 솜씨를 부려놓은 것이올시다.

햄릿   괘색이라니 뭐 말이오?

호레이쇼   주석 없이는 이해가 가지 않으실 줄로 알았죠.

오즈릭   괘색이란 즉 칼에 달린 끈을 말합니다.

햄릿   거 허리에 대포라도 차고 다니면 몰라도 그렇게 야단스런
       말은 삼가시게. 그럴 때까진 그냥 칼 끈으로 해두시오. 그
       건 그렇고, 바바리 말 여섯 필에 대해 프랑스제 칼 여섯 자
       루와 부속품 일체, 거기다 매우 솜씨를 부려놓았다는 괘
       색인지 하는 것이 세 개라. 프랑스와 덴마크의 대전이로
       군. 한데 그 내기는 왜 하셨단 말인가?

오즈릭   전하께서는 왕자님이 레어티즈와 상대해서 십이 회전을
       하시면 레어티즈 쪽이 삼 회를 더 앞서지 못할 것이라고
       하시고, 열두 번 승부에 세 번의 차이를 두신 것이라 하옵
       니다. 시합은 곧 시작될 것인데 왕자님께서는 응하시겠습
       니까?

햄릿   그래, 못하겠다고 하면 어쩐다?

오즈릭   아니올시다. 상대를 해주시겠는가 하는 뜻입니다.

햄릿   여길 거닐면서 기다리겠어. 전하 처분대로 하겠네, 어차

피 운동할 시간도 되었으니까. 시합용 칼을 가져오게 하오. 레어티즈가 원하고 전하의 의향도 그렇다면 상대해서 전하를 위해 이기도록 해야겠군그래. 지더라도 별것 있겠나. 몇 대 얻어맞고 망신이나 당할 뿐이지.

오즈릭 그렇게 가서 여쭈렵니까?

햄릿 대충 그렇게 전해. 각색은 댁의 마음대로 하시고.

오즈릭 그럼 저는 이만 실례하겠습니다.

햄릿 실례하시구려, 실례.

오즈릭 퇴장.

저따위를 봐줄 녀석이 누가 있나. 제 자신에게나 실례하라고 그래.

호레이쇼 저 도요새는 알 껍질을 그냥 쓰고 달아나버렸군요.

햄릿 제 어미 젖을 빨아 먹기 전에 먼저 젖꼭지에 인사를 올리는 따위의 녀석이지. 저따위나, 아니 저것뿐 아니라, 요즘 같은 경박한 세상에 잘난 체하는 족속이 숱하지만 다 시속에 박차를 맞추고 겉만 번지르르한 사교에 얼이 빠져 거품 같은 헛소리나 배워 가지고 다녀. 그런 녀석들이 체로 친 다음에 가려낸 진짜 인물을 슬쩍 속이려 든단 말이야. 하기야 혹 불라치면 거품이나 날아가는 게 고작인 부류들이지.

귀족 한 사람 등장.

귀족 왕자님, 아까 오즈릭을 시켜서 말씀드린 전하 전갈에 여기 홀에서 기다리시겠다는 회답을 주셨습니다만 전하께서 재차 저를 시켜서 레어티즈와의 시합, 지금도 의향이 계신지 아니면 시간을 뒤로 미룰 것인지 여쭈어보라는 분부입니다.

햄릿 내 의향은 변한 것이 없소. 전하 분부대로 따를 터이니까. 그러니 전하께서 좋으시다면 나는 언제든지 좋소. 지금도 좋고 몸에 탈만 없다면 언제든지 상관없어.

귀족 양 전하를 위시해서 모두 지금 오십니다.

햄릿 마침 잘됐군.

귀족 시합에 앞서 레어티즈에게 점잖게 화해의 말씀이라도 해주시라는 왕비님의 분부이십니다.

햄릿 지당한 말씀이오.

귀족 퇴장.

호레이쇼 이번 시합, 왕자님께 불리할 것 같소이다.

햄릿 그렇게는 생각지 않아. 레어티즈가 프랑스에 간 이후로 나도 줄곧 연습해왔으니까. 더구나 점수의 차이까지 됐다니. 그런데 어쩐지 마음이 심상찮아 이상야릇한 기분으로

256

군. 하지만 상관없어.

호레이쇼 아니올시다. 그래서는 ―

햄릿 아니야, 어리석은 마음이지. 여자나 마음에 걸릴 하찮은 불안이야.

호레이쇼 조금이라도 내키지 않으시거든 무리하지 마십시오. 제가 미리 가서 이리로의 행차를 막고 왕자님 기분이 편치 않으시다고 여쭙겠습니다.

햄릿 아니야, 그럴 것 없네. 예감은 원래부터 믿지 않는 성미니까. 참새 한 마리 떨어지는 데도 하늘의 섭리가 있는 법, 올 것이야 언제 오든 안 오나. 지금 오면 장차 안 올 것이고, 장차 올 것이라면 지금 안 올 따름이지. 평소의 각오가 제일. 어차피 떠날 때 사람은 아무것도 몰라. 일찍 떠난다고 무엇이 아쉽겠나, 될 대로 내버려둬.

왕, 왕비, 레어티즈, 정신들, 오즈릭, 그 밖의 시종들 등장.

왕 햄릿, 여기 와서 이 손을 잡아라.

(레어티즈의 손을 햄릿 손에 쥐어준다)

햄릿 용서해주게, 레어티즈. 나의 무례한 짓
아무쪼록 신사답게 용서해주게.
여기 좌중이 다 알고 또 자네도 들었으려니와
이 햄릿은 심한 실성에 빠져 있어.

내가 저지른 짓, 자네는 자식의 도리로서 참지 못했을 것이요

또 체면이나 감정이 몹시 상하였을 줄 아네만

그것은 단연코 광증의 소치.

햄릿이 레어티즈에게 난폭한 짓을?

아냐, 그건 절대 햄릿이 할 짓이 아니지.

제정신이 아니고 멀쩡하지 못할 때

햄릿이 레어티즈에게 난폭하게 굴었다면

그것은 햄릿의 소행이 아니야.

그럼 누가 했느냐고? 햄릿의 광증이 한 짓이지

그렇다면 햄릿도 그 피해자의 한 사람

광증은 이 가엾은 햄릿의 적이란 말일세.

자, 레어티즈, 무례함이 고의가 아니었다는 내 변명을

여기 모인 여러분 앞에서 토로하니

너그러운 마음으로 널리 용서해주게.

지붕 너머 쏜 화살이 어쩌다

자기 형제를 맞힌 격이라고 생각해주게.

레어티즈 자식의 도리

오죽하면 원수 갚을 마음이 나지 않겠소만

이젠 마음이 풀립니다.

그러나 체면은 체면이니 이대로 물러설 수는 없소.

점잖은 어르신께서 화해해도 좋다는 선례에 따른 의견을

듣고서

제 체면이 서기 전에는

전부 없는 것으로 할 수는 없소이다.

하지만 그때까지는 왕자님의 우정의 손길

그것은 그것대로 싫다 하지 않고 받아들이겠소.

햄릿 그 솔직한 말 나도 거짓 없이 받겠네.

그럼 형제 사이처럼 이 시합 깨끗이 다루어보세.

자, 칼을 다오.

레어티즈 내게도 하나 다오.

햄릿 내 자네 칼 받이가 되어주지.

미숙한 나에 비하면 자네 솜씨는

어두운 밤의 샛별처럼 빛날 것일세.

레어티즈 사람을 놀리지 마십시오.

햄릿 천만에.

왕 오즈릭, 두 사람에게 칼을 드려라.

햄릿, 내기 이야기는 들었지?

햄릿 알고 있습니다.

약한 편에 후한 점수를 주셨다고.

왕 아니, 네 염려는 없다. 너희들 솜씨는 잘 알고 있으니까.

다만 저편이 그동안 수련을 쌓았다니

이쪽에다 조금 덤을 주었을 뿐이다.

레어티즈 이 칼은 너무 무겁군. 다른 것은 없나?

햄릿 이게 괜찮군. 길이는 다 같겠지?

오즈릭 네, 물론입니다.

(두 사람, 시합 준비를 한다)

하인들, 술병을 가지고 들어온다.

왕 술잔을 저 탁자 위에 갖다놓아라.

그리고 햄릿이 일 회 또는 이 회전에서 점수를 따든가

또는 삼 회전에서 비겨도 좋다

그때에는 성 마루에서 축포를 울리도록 하여라.

그러면 햄릿의 건투에 건배하고 그 잔에다 진주알을 넣겠

노라.

덴마크 왕가에서 4대를 이어

왕관에 달았던 것보다 더 훌륭한 진주알이다.

자, 술잔을 가져오너라

그리고 북을 쳐서 나팔수에게 알리고 나팔수는 포수에게

알려라.

그러면 포성은 구천에 울리고 천지가 진동할 것이다

'국왕이 햄릿을 위해 축배를 올린다'고.

자, 시작하라. 너희들 심판 역도 정신차리도록 하라.

햄릿 자.

레어티즈 자.

(두 사람, 시합한다)

햄릿 한 대.

레어티즈 아니오.

햄릿 심판?

오즈릭 한 대. 정통이오.

레어티즈 자, 다시 한번.

왕 잠깐만. 술을 따라라. 햄릿, 이 진주는 네 것이다.

자, 축배다

(안에서 나팔 소리와 대포 소리)

이 잔을 햄릿에게 주어라.

햄릿 이 승부를 먼저 끝내겠습니다. 잠시 두어둬.

자!

(시합한다)

또 한 대, 어떠냐?

레어티즈 스쳤소. 정말이오 약간 스쳤어.

왕 햄릿이 이길 것 같군.

왕비 땀범벅이라 숨이 가쁜 모양이오.

자, 햄릿, 이 수건으로 이마를 닦으렴

너의 행운을 빌어 축배를 들겠다.

햄릿 고마운 말씀이오.

왕 여보, 그것은 안 돼.

왕비 아니요, 마시겠어요.

(왕비, 마시고 술잔을 햄릿에게 건네준다)

왕　(혼잣말) 저것은 독을 넣은 잔, 이미 늦었구나.

햄릿　지금은 안 돼요. 곧 마시겠습니다.

왕비　자, 네 얼굴을 씻어주마.

레어티즈　이번엔 꼭 한 대 먹입니다.

왕　웬걸.

레어티즈　(혼잣말) 아무래도 꺼림칙한데.

햄릿　자, 레어티즈, 삼 회전째다. 자네 일부러 힘을 빼는 것 같군.

상관없으니 힘껏 찔러봐.

애송이 취급은 싫단 말이야.

레어티즈　그렇다면, 자!

(두 사람, 시합한다)

오즈릭　서로 무승부.

레어티즈　자, 한 대 받아라!

햄릿을 찌른다. 혼전 끝에 서로 칼을 바꾼다.

왕　뜯어말려라. 두 사람이 다 흥분하고 있다.

햄릿　자, 오너라.

햄릿, 레어티즈를 찌른다. 왕비 쓰러진다.

오즈릭　앗, 왕비께서!

호레이쇼	두 분 다 피를! 아니, 웬일이시오, 왕자님.
오즈릭	웬일이오, 레어티즈.
레어티즈	여보게, 오즈릭, 도요새처럼 제 덫에 치여버렸네.
	내 꾀에 내가 넘어갔으니 천벌이지.
햄릿	왕비께선 어떻게 되셨소?
왕	피를 보고 기절했구나.
왕비	아니다. 저 술, 저 술 때문이다.
	아, 햄릿, 저 술, 술에 독약이 —
	(죽는다)
햄릿	음모다! 에잇, 문을 잠가라.
	역적이다, 범인을 찾아내라!
레어티즈	왕자님, 역적은 이 안에 있소.
	왕자님도 칼을 맞았어.
	세상의 어떤 약도 소용없습니다.
	반 시간을 부지 못하십니다. 왕자님 손에 쥔 그 칼
	끝도 뾰족하고 독이 칠해져 있소
	제가 꾸민 흉계가 결국 제게 돌아왔군요
	다시는 못 일어나게 되었습니다.
	왕비님도 독살, 더 말할 기력이 없어
	저 왕, 저 왕이 장본인이오.
햄릿	칼 끝에 독약까지! 그렇다면 이놈, 이 독약 맛 좀 보아라.
	(왕을 찌른다)

일동 역모다! 역모다!

왕 날 살려다오. 상처는 대단치 않다.

햄릿 이 천하에 둘도 없는 살인 강간자, 이 무도한 덴마크 왕아

옜다, 이 독약까지 마셔! 네 진주알의 맛 좀 보아라.

내 어머니의 뒤를 따라가.

(왕 죽는다)

레어티즈 달게 받아 싸지

제 손으로 탄 독을 제가 마셨으니 천벌이오.

우리 서로 죄를 용서합시다, 왕자님.

이놈의 죽음도 아버지의 죽음도 당신 탓이 되지 않기를

그리고 당신의 죽음도 부디 이놈의 탓이 아니기를 바라오.

(죽는다)

햄릿 하늘도 그대를 용납할 걸세. 나도 뒤를 따르겠다.

호레이쇼, 이제는 다 살았구나. 가엾은 어머니, 잘 가시오.

모두 파랗게 질려서 떨고 있군.

이 참변에 벙어리 역이나 구경꾼밖에는 되지 못한다는 건가.

하고 싶은 말도 적지 않네만

죽음의 사령이 사정없이 나를 재촉하니 도리 없구나.

호레이쇼, 나는 가지만 자네는 살아남아

사정 모르는 사람들에게 일의 자초지종을 잘 알려주게.

호레이쇼 그 무슨 말씀이오

이 호레이쇼, 비록 몸은 덴마크에 태어났으나

264

정신은 옛 로마 사람에 진배없소.

마침 독주가 남아 있군.

햄릿 장부답지 못한 노릇, 그 잔은 이리 주게.

자, 손을 놔. 에이, 이리 달라니까.

이 사람, 호레이쇼, 연유를 밝히지 못한 채 이대로 놔둔다면

내게 어떤 누명이 쓰일지도 모를 일.

그러니 자네가 나를 진정 아껴준다면

잠시 하늘의 은혜를 멀리 하더라도 이 욕된 세상에 남아

괴로움을 참고 내 이야기를 전해주게.

멀리 진군의 나팔 소리. 그리고 대포 소리.

저 늠름한 소리는?

오즈릭 포틴브라스가 폴란드 정복에서 돌아오던 차

마침 영국 사신을 만나 예포를 놓는 것입니다.

햄릿 아, 숨이 걷히는군. 호레이쇼,

사나운 독, 전신을 마비시키는구나.

영국으로부터 오는 소식도 들을 겨를이 없겠어

하나 한마디 앞일을. 후계 국왕 선출에는 포틴브라스를 뽑

도록

그게 내 유언일세. 그분께도 그리 전해주게

그간의 자초지종도 같이 말이야. 알았나?

나머지는 침묵.

(죽는다)

호레이쇼 거룩하신 목숨, 드디어 가시고 말았구나.

어지신 왕자님, 잘 가시오

저 천사들 수호의 노랫소리 들으시며 고이 잠드시오.

진군의 북소리가 가까워온다. 웬일일까?

행군 소리. 포틴브라스, 영국 사신들, 기타 등장.

포틴브라스 참변은 어디에?

호레이쇼 무엇을 보시려 하오?

비참한 광경이야 이보다 더한 것이 없사오리다.

포틴브라스 이 광경 무참한 학살을 말해주는구나.

아, 교만한 죽음아

지하의 네 영원의 굴속에서

피비린내 나는 잔치라도 하겠다는 거냐

이렇듯 수많은 귀인들을 한 칼로 참혹히 쓰러뜨리다니?

사신 1 처참한 광경

영국에서 들고 온 보고는 때를 놓쳤군요

들어주실 분의 귀는 이미 감각을 잃고 말았으니.

분부하신 대로 로젠크랜스와 길덴스턴 양인을 처단하였는데 그 치사는 어디서 받아야 할까요?

호레이쇼 그 인사는 왕에게서 받지 못할 것이오.

비록 살아서 치하할 힘이 있다 하더라도 말이오.

두 사람의 사형은 왕의 명령이 아니었소.

그것은 어떻든 이 참변과 때를 같이하여 공교롭게도

한 분은 폴란드 원정에서의 귀로

또 이쪽 분들은 영국에서 사신으로 오셨으니

이 시신을 단상에 모셔 다들 보이게 해주십시오.

자초지종을 모르는 세상 사람에게 일일이 알림이

바로 이 몸의 소임입니다.

불륜의 간음과 잔인무도한 시역, 우연한 천벌과

뜻하지 않은 살육, 계략에 몰린 부득이한 살인

그리고 빗나간 간계가 오히려 그것을 책동한 장본인 두상에

떨어지게 된 연유 등에 이르기까지

사실대로 알려드리겠습니다.

포틴브라스 어서 들어봅시다

그리고 중신들을 이 자리에 모아주시오.

애통한 마음은 금할 길이 없으되

이 몸에 찾아온 행운은 맞이할 것이오.

이 나라에 대해서는 찾아야 할 권리도 없지 않은 것이니

이 기회에 그 뜻을 이뤄볼까 하오.

호레이쇼 그 일에 대해서는 저도 말씀이 있습니다.

저 시체들을 치워라.

이 광경, 싸움터에는 어울릴 것이나 이 자리에는 심히 보기 흉하다.

자, 누가 가서 조포를 쏘게 일러다오.

— 5막 2장

그것은 다름 아니라 많은 사람의 의견을 좌우할 수 있으신 분

햄릿 왕자님의 말씀이올시다.

그러나 인심이 소란한 이때 행여 음모나 실수에서

이 이상 불상사가 일어나지 않게 하기 위해서도

우선 아까 말씀드린 일의 자초지종부터 먼저 알려야 하겠소.

포틴브라스 부대장들 네 사람, 햄릿 왕자를 단상으로 모셔라

군인답게 예를 갖춰서.

때만 얻었던들 백세의 영주가 되었을 분

그 서거를 애도하여 군악과 조포를 소리 높이 울리게 하라.

저 시체들을 치워라.

이 광경, 싸움터에는 어울릴 것이나

이 자리에는 심히 보기 흉하다.

자, 누가 가서 조포를 쏘게 일러다오.

모두 퇴장. 뒤이어 울려오는 장송의 포성.

작품 해설

    사람들은 셰익스피어는 몰라도 《햄릿》에 대해서는 안다는 말을 종종 한다. 그만큼 이 작품은 세계 명작 가운데 가장 많이 읽히고 잘 알려진, 연극으로 가장 많이 상연된 작품이다. 그리고 작품 자체를 떠나 주인공 햄릿은 더할 나위 없이 친숙한 인물로 기억되고 있다. 그러나 잘 알려져 있다고 해서 그것을 잘 이해하고 있는 것은 아니다. 전문가가 아니더라도 많은 사람들은 이 작품이 여러 가지 '수수께끼'를 내포하고 있다는 사실을 알고 있다. 여기서는 그런 '수수께끼'를 풀자는 것이 아니라, 작품을 읽는 데 도움이 될 만한 간단한 해설을 하여 독자들에게 얼마간 도움이 되고자 한다.

    셰익스피어의 작품을 해설할 때 먼저 알아보는 것이 작품의 소재를 어디서 얻어왔는가 하는 이른바 출처(source)에 관한 것이다. 그의 대부분의 극이 그렇듯《햄릿》에도 이야기의 근거가 있다. 먼저 12세기를 배경으로 하는 덴마크 왕자 아믈레스의 복수 이야기가 실린 삭소 그라마티쿠스의《덴마크 사기》(1514)가 있다. 이야기의 큰 줄거리는 이미 그 작품에 있다. 한편 그것을 토대로 프랑스의 드 벨르포레라는 사람이 쓴《비극 이야기》(1570)가 있다. 자세한 경위는 모르나, 아무튼 이런 것들을 토대로 하여《햄릿》이 씌어진 것만은 틀림없다. 그러나 더 중요한 것은 셰익스피어의 작품이 나오기 한참 전에 햄릿 이야기가 극화되어 적지 않은 인기를 끌고 있었다는 사실이다. 아마 그의 선배 극작가 한 사람이 당시 유행하던 세네카 류의 복수 비극으로 만들었을 것이라는 데 이의는 없으나 그 작품은 현존하지 않는다.

이 없어진 작품을 흔히 '원 햄릿(Ur-Hamlet)'이란 이름으로 부르고, 이 작품의 인기에 힘입어 셰익스피어가《햄릿》을 쓰게 되었다는 것이 학자들의 거의 일치된 견해다. 그러나 두 작품의 결정적인 차이는 앞의 것이 당시 유행한 복수 비극의 관행을 벗어나지 못했다면, 셰익스피어의 작품은 인간의 운명, 삶과 죽음의 깊은 통찰, 개인과 주위 존재(가족, 사회, 국가)와의 복잡한 얽힘의 양상 등 진정한 비극만이 다룰 수 있는 근원적 문제로 가득 차 있다는 점이다. 사실 이 작품은 셰익스피어가 극작가로서 거의 절정이라 할 수 있는 시기에 쓰였다. 그의 많은 작품들의 정확한 공연 연도를 확인할 수 없듯이《햄릿》역시 확실한 해를 알기 힘드나, 아마도 1601년 중엽이 아닌가 한다. 이 시기는 그의 4대 비극이 쓰이는 시초이기도 하다.

셰익스피어에게는 자기가 직접 관여한 극단이 있었고 출판을 목적으로 하기보다 공연을 위주로 했던 당시 극의 관행 때문에, 지금의 우리가 볼 때 '텍스트'에 많은 문제가 있다. 사실 《햄릿》만 하더라도 아마 실제 공연 장면에 대해 몇 사람의 단역 배우가 기억한 것에 의존하여 출판한 표절본(Q1)과 그것에 대응하기 위해 극단이 공인한 보다 완전한 정본(Q2), 세 번째로 작가가 죽은 지 7년 뒤에 극단에서 최초로 낸 전집(F1)에 들어가 있는 것이 있다. 그렇다면 Q1은 많이 다르다 하더라도 나머지 둘은 같아야 할 텐데 그렇지 않아 문제가 된다. 이에 대해 전자는 대략 자필 원고를 토대로 했고, 후자는 공연 때 손질한 것이라고 말하기도 하나, 그 설명만으로는 납득이 가지 않는 문제가 한두 가지가 아니다. 그래서 오늘날의 많은 편자들은 Q2와 F1을 절충해서 텍스트를 엮는다. 역자가 대본으로 주로 사용한 것도 그중 하나인 아든(Arden) 판이다.

이 극은 차가운 오밤중 엘시노어 성의 망대에서 시작한다. 죽은 지 얼마 되지 않은 선왕 햄릿의 유령이 밤마다 나타나 파수꾼들의 의아심과 불안을 자아낸다. 그 긴장된 분위기가 파수꾼들의 짤막한 응수를 통해 잘 나타나 있으며, 처음부터 끝까지 이 극을 관통하는 '긴장이 수반된 불안감'의 주조(主調)를 확립한다. 이 주조는 여러 가지 형태로 모습을 달리하면서 변주되어간다. 먼저 가장 뚜렷하게 나타나는 것은 유령의 정체가 무엇이며 왜 나타나는가 하는 것이고, 그것은 1막 4, 5장에 가서 햄릿 왕자가 아버지의 유령과 대면함으로써 설명되지만 그 설명만으로 간단 명료하게 끝나지 않는 데 이 작품의 특색이 있다.

겉으로 보기에 주인공 왕자가 복수라는 명확한 행동의 지침에 따라 확고부동한 결의를 나타내는 것 같지만, 이 작품은 오히려 그 지점에서부터 더 착종되고 불분명한 관계를 주인공과 그를 둘러싼 주변 — 사람, 상황, 행동 등 — 과의 사이에서 조성하게 된다. 문제는 그런 것들이 직선적인 이야기 구조를 인위적으로 비틀어서 생겨난 것이 아니라, 앞서 말한 바 '긴장이 수반된 불안감'을 안고서 자기 증식을 거듭하는 데 있다. 이 점이 단순한 복수 비극과 확연한 선을 긋고 있는 소치(所致)이고, 한걸음 나아가《햄릿》에게 특이성을 부여하는 매력이라고 하겠다.

주인공 햄릿은 등장하면서부터 모든 것에 대한 혐오를 표시한다. 클로디어스왕이 그에게 말을 거는 첫 대사와 개가한 어머니 거트루드 왕비에 대한 격심한 반발에서 시작하여 궁중 전체에 대한 불신은 여러 형태로 표출된다. 폴로니어스가 그렇고, 옛 학우 두 사람이 그렇고, 심지어 그가 진정으로 사랑하는 오필리어에게까지 폭언을 퍼붓는다. 그러나 그는 이 과정에서 외면으로만 행동하는 것이 아니라 여러 가지 사색을 통해 자기 내면으로 극행동의 영역을 확대해나간다. 그는 썩어 문드러지고 사개가 맞지 않는 주변의 세계, 여성 일반, 자신의 행동에 견주어 극단 배우가 보여주는 격정에 찬 말의 진정성 등에 대해서 스스로 질문을 던지면서 그 확대선상으로 '죽느냐, 사느냐'에 대한 궁극적 사색에까지 도달한다. 이 모든 것은 언제나 일종의 불안감, 아니면 인간 삶의 본질을 볼모로 한 모호함에 싸여 있다. 그것은 또한 햄릿을 응시하는 우리를 불가피하게 긴장시키지 않을 수 없게 하는 성

질의 것이다.

 그런 것들이 주인공 햄릿을 중심으로 이 작품에 등장하는 여러 사람들과의 대화 속에 알게 모르게 끼어들기도 하고, 나아가서는 자기 자신과의 대화, 즉 독백(獨白)이라는 형식으로 나타나기도 한다. 일종의 '말의 내면화'이다. 햄릿은 말이 많다. 그래서 셰익스피어의 작품치고, 아니 당시의 무대에 오른 일반적인 작품과 비교하더라도, 유난히 긴 이 작품의 아주 많은 부분을 그의 대사가 차지하고 있다. 햄릿이 유달리 요설적이어서 그런 것은 아니다. 외면적으로 본다면 그는 오히려 과묵하다고 할 수 있다. 왜냐하면 그는 복수자로서 자기의 정체를 되도록 감춰야 할 처지에 놓이고, 앞에서도 지적한 바와 같이 스스로 주위에서 고립을 자초한 그런 성격의 소유자이기 때문이다. 적어도 덴마크의 궁정을 둘러싼 무리들과는 담을 쌓아놓은 상태다.

 물론 그에게 요설에 가까운 감정의 분류(奔流)가 터져 나오는 기회는 있다. 가장 두드러진 경우로 수녀원으로 가라고 오필리어에게 격앙된 말을 쏟아붓는 장면이나 왕비의 침실에서 어머니 거트루드를 몰아세우는 장면 등을 들 수 있다. 이러한 그의 대사는 침묵에서 시작하여 끊임없이 쏟아지는 말의 홍수에 이르기까지 자유자재로운 말의 템포와 리듬을 수반한다. 그 솜씨가 따라오지 않는다면 이 작품은 지루하고 죽은 것이나 마찬가지리라. 그리고 작품의 서두에 나오는 파수꾼의 "거기 누구냐?" 하는 상대방을 알아보는 단순한 질문으로 시작하여 삶의 근본적 문제인 "죽느냐 사느냐, 그것이 문제로구나" 하는 영원한 수수께끼에 이르기까지 다양한 '물음'이 깔려 있다. 그만큼 이 세계는 불가사의한 것으로 차 있다고 작품은 말하는 듯이 보인다. 이 또한《햄릿》을 복잡하게 만드는 요인 중 하나다.

햄릿은 이 극에서 진솔한가 하면 가면을 덮어쓰고, 다정한가 하면 냉소적인 언행을 서슴지 않고, 우유부단한가 하면 신속하게 행동으로 옮기는 등 행동의 양면성 또는 모호함을 보여준다. 이런 것들이 원초적 유형으로서 주위를 속이기 위한 '복수자'의 역할에서 연유했다는 설명은 어느 정도 가능하다. 그러나 이 작품은 그런 유형의 틀을 매개로 하되 그것을 훌쩍 뛰어넘어선 인간상을 그리고 있다. 거기에는 삶의 진실에 다가가 인간성에 대한 다양한 탐구를 시도하는 작가의 무궁무진한 계략이 숨어 있는 듯 보인다. 그는 귀공자이자 학자, 사색가, 무사, 연인, 연극 평론가인가 하면, 모사꾼, 냉소자, 익살꾼으로서도 1급에 속한다. 이러한 한 인간의 입체적 다면성, 무대 용어를 쓰자면 '역할 해내기(role playing)'의 능수는 유례를 보기 힘들 정도다. 따라서 이 작품이 그 매력의 대부분을 주인공 왕자에게 의존하고 있는 것도 수긍이 간다.

주인공 햄릿의 성격을 논의의 중심에 두고서 이 작품을 풀어가는 접근법은 일반적이다. 그 근원을 찾으면 19세기 전반의 낭만주의적 문학사조가 개인 숭상을 앞세우면서 출발하는 데 가장 적합한 본보기로 햄릿이 지목되었다. 독일의 괴테가 앞장섰고 영국의 비평가들(콜리지, 해즐릿 등)이 완성한 내면적이고 사색하는 귀공자, 그래서 행동은 언제나 지연되기 마련이라는 하나의 전형은 이 작품으로 인해 수많은 독자와 관객의 영혼을 사로잡게 하여 세계문학사상 독자적 자리를 부여받았다. 그러나 20세기에 들어서면서 그러한 해석의 유효성을 뿌리째 흔들어버리는 대전환이 시작되었다.

그는 이미 연약한 귀공자가 아니며 사색에 골몰한 나머지 복수라는 지상명령적 행동의 계기를 잡지 못한 우울증 환자(유명한 셰익스피어 학자 브래들리의 해석)도 아니다. 오히려 그보다 더 눈여겨봐야 할 것은 이 작품 전체를 감싸고 있는 부패와 오염의 양상이며, 그것을 청소할 임무를 떠맡은 주인공에게 가해진 중압감이다. 이 어두운 분위기, 병든 징후가 만연한 덴마크라는 세계의 어찌할 수 없는 중압감은 주인공의 숙명이 되어버린다.

또 있다. 연옥에 갇혀 고통으로 괴로워하는 아버지의 거역할 수 없는 명령의 수행에 관한 것이다. 그것이 비록 그의 양심이 저버릴 수 없는 지상의 과제이기는 하나 그 명령을 수행하자면 그는 도리 없이 자신의 손에 피를 묻히게 된다. 다시 말해서 그는 가해자가 되고 그 결과 본의 아니게 죄의식에 사로잡힐 수밖에 없다. 이 점은 셰익스피어의 《햄릿》이 다른 어느 복수 비극과도 기본적으로 다르다는 것을 말해 준다. 사실 이 극에서 폴로니어스의 죽음을 시작으로 많은 사람의 죽음이 뒤따르게 되는데, 그중 상당수는 햄릿 자신이 직간접으로 가해자의 위치에 설 수밖에 없는 그런 죽음이다. 역설적으로 말하자면 그는 가해자인 동시에 피해자가 될 수밖에 없는 처지에 놓이는 것이다. 이러한 비극적 패러독스는 이 극이 갖는 독특한 구조에서 비롯된다.

또 하나의 질문이 있다. 햄릿의 비극은 과연 병들고 썩어 문드러진 덴마크라는 세계를 올바른 질서로 되돌리기 위한 값비싼 대가일 수 있는가? 그 점에 대해서는 쉽게 긍정할 수 없을 듯하다. 그렇게 손쉬운 해답을 끌어낼 수 있게끔 이 비극은 결코 호락호락하지 않다.

끝으로 지적해두어야 할 것은 이 작품의 결말에 관해서다. 4막에서 왕의 흉계로 햄릿은 영국에 가게 된다. 그리고 해적선 사건이 있은 후 그는 덴마크에 다시 돌아오게 되는데, 여러 사람들이 지적하듯이 그는 이전과는 전혀 다른 인간으로 등장한다. 그것은 이렇게 풀이할 수 있다. 즉 5막 1장, 무덤 파기꾼과 나눈 대화에서 그는 비로소 '죽음'의 문제와 대면하게 되는데, 이 긴 극을 거쳐가면서 그는 이 세계를 뒤덮고 있는 악의 만연에서 스스로를 격리시킬 수 없음을 깨닫고, 삶의 의미를 앗아가는 여러 가지 것들에서 자신을 구제할 수 없음을 알게 되었다. 그리고 실행에 옮기면 그것을 실행한 자신도 불가피하게 피에 물들 수밖에 없는 딜레마에 빠지는 것이다.

이제 그는 모든 것을 죽음이라는 궁극의 문제와 직면하여 풀어나갈 수밖에 없다. 그것은 곧 인간이라는 유한한 존재에 과해진 조건, 즉 그 한계 안에서만 행동할 수밖에 없다는 사실에 대한 깨달음이다. "죽느냐, 사느냐"로 시작되는 독백의 한 구절인 "가슴 쓰린 온갖 심뇌와 육체가 받는 모든 고통"이라는 인간의 조건을 받아들여 거기에 순응할 수 있는 마음의 준비가 되었다는 뜻이다. 이것은 물론 단순한 체념이나 순종을 뜻하는 것이 아니며, 진정한 비극의 주인공만이 다다를 수 있는 경지라고 해야 할 것이다. 그것을 그는 "새가 한 마리 땅에 떨어져도 하늘의 뜻이다"라고 아주 간결하게 표현하고 있다. 이제 무슨 수단을 써서든지 그를 죽이려고 하는 적수와의 대결을 앞두고 그는

278

진정으로 마음의 평정을 얻는다. 그리고 모든 관계자(어쩌면 직접 관련이 없다고 할 그의 어머니인 왕비까지 포함해서)가 서로 죽고 죽이고 하는 대참극을 벌이고 난 뒤 그의 마지막 한마디, "나머지는 침묵"으로써 이 비극은 끝을 맺는다. 그래서 새로운 질서를 확립하기 위해 포틴브라스가 등장하는 결말을 어떻게 받아들이는가는 독자의 몫으로 남겨두겠다.

옮긴이

.

옮긴이의 말

이 번역은 1964년에 출간된 《셰익스피어 전집》(정음사)에 수록된 동명 작품의 번역을 대폭 개정한 것이다. '대폭'이라는 뜻은 두 가지로 요약된다. 하나는 원문에서 무운시(無韻詩, blank verse) 또는 정형시(定型詩), 다시 말해서 시 형식으로 쓰인 부분은 모두 행을 달리해서 처리하고 산문으로 쓰인 것과 구별했다는 점이다. 엄밀하게 따지자면 이것은 편의적인 조치에 불과하다. 그 이유는 영어와는 전혀 다른 표현 체계를 가지며 발음상의 억양이 원칙적으로 존재하지 않은 우리말에서, 열 개의 음절에 억양을 붙여 5보격(步格)의, 운을 밟지 않는 무운시와의 등가물을 기대한다는 것 자체가 무리이기 때문이다. 거기에다 어순의 문제가 있어 원문과 말의 순서를 같이 하려 들면 우리말이 이상해지거나 무리가 따른다.

그래서 대부분의 셰익스피어극 번역은 전부 산문으로 처리되어 있다. 그런 통례를 깨고 이 번역에서 행을 간 것은 다분히 편의적인 이유에서 시도하였음을 밝혀둔다. 이에 대해 역자는 얼마간의 이점이 있음을 말하고 싶다. 우선 외형상이나마 산문 위주로 된 대부분의 현대극과의 차이를 나타내보자는 데 있고, 또 하나는 이 번역본을 읽거나 공연 대본으로 쓰고자 할 때 연극 대사, 특히 셰익스피어 고유의 대사 흐름을 얼마간이라도 전달하는 데 도움이 되지 않을까 하는 점이다. 예컨대 한 인물의 긴 대사를 행을 바꾸어가면서 읽을 때, 원문의 시적 억양은 기대하지 못하더라도 대사의 흐름과 호흡의 조절에는 도움이 되지 않을까 생각한다. 그래서 원문의 행수와 번역물의 행수는 되도록 맞춰보려고 노력했으나 반드시 동일하지는 않음을 밝혀둔다.

다음으로 전의 번역과 많이 다른 점은 호칭이나 말투를 되도록 '현대화'했다는 것이다. 전의 것은 사극 조를 많이 따랐으나, 이번에는 그것을 되도록 피했다. '과인'이니 '상감'이니 하는 용어를 거의 현대식으로 바꾸었고, 문어체는 되도록이면 구어체로 고쳤다.

번역에는 원래 일정한 룰이 없다. 이 점은 언어 체계가 비슷한 경우, 예컨대 영어와 독일어 사이에서도 얼마든지 바뀐다. 그래서 시대에 따라서 새로운 번역이 시도되기 마련이다. 지금으로부터 40년이 넘은 전번의 번역이 지금 그대로 독자들에게 통용할 수는 없다.

그 말은 거꾸로 하자면 1964년 역자의《햄릿》번역본은 그것대로의 역사적 의미를 지닌다고 볼 수 있다. 그래서 역자의 심정으로서는 각기 번역이 자기주장을 하더라도 너그럽게 보아주기를 바란다. 물론

이 두 가지 사이에는 오역에서 말미암은 약간의 수정도 있고, 편집자가 지적해준 고마운 변경도 당연히 있다. 그러나 역자가 고집스럽게 고치지 않은 부분도 있다. 한 가지 두드러진 예를 든다면, 이 작품에서 가장 유명한 대사인 "To be or not to be……"는 처음에 풀어서 다시 고쳤다가 편집자의 지적을 받은 끝에, 또다시 고려하여 전번에 번역한 그대로 남겼다. "죽느냐, 사느냐……" 하고 원문의 어순을 뒤바꾼 것은 역자 나름의 이유가 있어서이고 그 이유는 다른 데 글을 써서 설명한 것이 있으니 여기서는 되풀이하지 않는다.

윌리엄 셰익스피어 연보

1564년 잉글랜드 중부의 스트랫퍼드어폰에이번에서 존 셰익스피어와 메리 아든의 맏아들이자 8남매 중 셋째로 태어났다. 아버지는 비교적 부유한 상인으로 가죽 가공업과 중농(中農)을 겸하던 지역 유지였고 어머니는 부유한 토지 소유주의 딸이었다.

1575년 문법학교에 입학하여 문법, 논리학, 수사학, 문학 등을 배웠다. 특히 성서와 오비디우스의 《변신 이야기》는 셰익스피어에게 상상력의 원천이 되었다. 하지만 1577년 무렵부터 가세가 기울어 학업을 중단하고 집안일을 도와야 했다.

1582년 여덟 살 연상의 앤 해서웨이와 결혼했다.

1583년 첫째 딸 수재나가 태어났다.

1585년	남녀 쌍둥이 햄릿과 주디스가 태어났다. 이유는 알 수 없지만 셰익스피어는 쌍둥이가 태어난 후 곧장 고향을 떠나 7~8년간 떠돌아다녔다.
1590년	런던에 도착한 셰익스피어는 눈부시게 변한 런던에 매료되었다. 당시 런던은 농촌 인구가 도시로 유입되어 활기가 넘쳤고 각종 문화 활동과 행사, 연극 등이 열렸다. 셰익스피어는 런던에서 배우이자 작가로 경력을 쌓기 시작했다.《헨리 6세》2부와 3부를 발표했다.
1591년	《헨리 6세》1부를 발표했다.
1592년	《헨리 6세》1부를 상연했다.《리처드 3세》,《비너스와 아도니스》를 발표했다. 동시대 극작가 로버트 그린은 '대학도 안 나온 주제'에 품격 떨어지는 연극을 양산한다며 시기 어린 비난을 했다. 이를 볼 때 이 무렵 셰익스피어는 런던에서 이미 유명한 극작가였던 듯하다.
1593년	《티투스 안드로니코스》,《말괄량이 길들이기》등을 발표했다.
1594년	궁내장관 헨리 케리가 후원하던 체임벌린스 멘 극단의 전속 극작가가 되었다.《베로나의 두 신사》,《사랑의 헛수고》,《로미오와 줄리엣》을 발표했다.
1595년	《리처드 2세》,《한여름 밤의 꿈》을 발표했다.
1596년	아들 햄릿이 세상을 떠났다. 아버지 존 셰익스피어가 가문(家紋) 사용의 허가를 관계 당국에서 얻어 신사의 대우를 받게 되었다.《존왕》,《베니스의 상인》,《소네트집》을 발표했다.

1597년	스트랫퍼드에서 두 번째로 큰 저택 뉴플레이스를 사들였다. 《헨리 4세》 1, 2부를 발표했다.
1598년	《헛소동》, 《헨리 5세》를 발표했다.
1599년	《줄리어스 시저》, 《뜻대로 하세요》, 《십이야》를 발표했다. 체임벌린스 멘 극단이 템스강 남쪽에 글로브 극장을 건립했다.
1600년	《햄릿》, 《윈저의 명랑한 아낙네들》를 발표했다.
1601년	아버지가 세상을 떠났다. 《트로일루스와 크레시더》를 발표했다.
1602년	《끝이 좋으면 모두 좋다》를 발표했다.
1603년	엘리자베스 1세 여왕이 사망한 후 제임스 1세가 왕위에 올라 체임벌린스 멘 극단의 후원자가 되었다. 극단의 이름도 킹스 멘으로 바뀌었다.
1604년	《이척보척(以尺報尺)》, 《오셀로》를 발표했다.
1605년	《리어왕》, 《맥베스》를 발표했다.
1606년	《안토니와 클레오파트라》를 발표했다.
1607년	《코리올라누스》, 《아테네의 다이몬》을 발표했다.
1608년	어머니가 세상을 떠났다. 《페리클레스》를 발표했다.
1609년	《심벨린》을 발표했다.
1610년	《겨울 이야기》를 발표했다.
1611년	《템페스트》를 발표했다.
1616년	4월 23일 아내와 두 딸을 남기고 세상을 떠났다. 스트랫퍼드 어폰에이번의 성 트리니티 교회에 묻혔다.

옮긴이 **여석기**

일본 도쿄대학교 영문학과를 거쳐 해방 후 경성대학교 영문학과를 졸업했다. 고려대학교 영문학과 교수를 정년 퇴직하고 고려대학교 명예교수로 있었다. 한국영어영문학회 회장, 한국셰익스피어학회 회장, 대한민국학술원 회원, 국제교류진흥회 이사장을 역임했다. 저서로《동서연극의 비교연구》《여석기 영문학 논집: 햄릿과의 여행, 리어와의 만남》등이 있으며,《젊은 예술가의 초상》등 다수의 번역서와 논문이 있다.

햄릿

1판 1쇄 발행 2006년 10월 21일
2판 1쇄 발행 2025년 10월 27일

지은이 윌리엄 셰익스피어 │ 옮긴이 여석기
펴낸곳 (주)문예출판사 │ 펴낸이 전준배
출판등록 2004. 02. 11. 제 2013-000357호 (1966. 12. 2. 제 1-134호)
주소 04001 서울시 마포구 월드컵북로 21
전화 02-393-5681 │ 팩스 02-393-5685
홈페이지 www.moonye.com │ 블로그 blog.naver.com/imoonye
페이스북 www.facebook.com/moonyepublishing │ 이메일 info@moonye.com

ISBN 978-89-310-2604-7 04800
ISBN 978-89-310-2365-7 (세트)

(뒷면 계속)